妄想浪費

小山薫堂

光文社

妄想浪費

はじめに——誰かの天使になるということ

家賃六万円、仕送り九万五千円で暮らしていた大学時代、家賃三十万円、仕送り百万円という友人がいた。

地方の名士の息子で、医学部に在籍。高級外車を乗り回し、しょっちゅう友人たちにご飯を奢ったり、大学の試験が終わると表参道にあったディスコ「青山Ｋｉｎｇ＆Ｑｕｅｅｎ」にみんなを連れていって、ＶＩＰルームで三十万円のドン・ペリニョン・ロゼを振る舞ったりしていた。

僕はそんな彼の無為なお金の使い方を間近で見ていて、おもしろさとつまらなさの両方を感じていた。

お金を生き金にするのも、死に金にするのも、要は使い方次第なのだ。

そこで僕はある日、「そんなに余っているんだったら、そのお金を使って世の中が

変わるようなニュースをつくろうよ」と彼にもちかけてみた。

最初のアイデアは、錦鯉を数十万円分購入し、神田川に流すというものだった。

神田川は当時とても汚れていた。だから錦鯉を何匹か放流して、「最近、神田川に鯉が戻ってきたみたいですよ」と新聞社に伝え、ニュースとして取り上げられれば、神田川を見に行った人々があまりの汚さに驚き、清掃運動が始まるのではないかと考えたのだ。

猿を購入し、流行《はや》っていたＤＣブランドの服を着せて青山の街に逃がす、という案もあった。当時のＤＣブランドブームを揶揄するために、猿に着せてブランドを毀損《きそん》しようという、犯罪ギリギリのアイデアだ。

友人はどのアイデアも「おもしろいね、やろうよ」と言ってくれたが、結局実行には至らなかった。

そんな当時を思い出し、いまあらためて思う。お金持ちの友人のために価値あるお金の使い方を考えたのは、テレビ番組の企画や、地方や企業の価値ある未来を考えるという、現在の僕の仕事の原点なのではないか、と。

宣伝費一億円を投じて、その効果が一千万円程度に終わるか、百億円の効果を生む

かは、企画次第。つまり、企画とはお金の価値を最大限に生かすこと、生きたお金に換えること、お金に命を授けることなのだ。

世の中には上手にお金を貯められても、上手にお金を使える人はわりと少ない。それでいまでもつい、資産をお持ちの方々と出会うたびに「僕がこの人だったら……」と有意義なお金の使い方をあれこれと妄想してしまう。

ならばいっそのこと誌上で書き綴ってみようかなと思って始めたのが、経済誌『Ｆｏｒｂｅｓ　ＪＡＰＡＮ』での連載企画だった。といっても、ビジネスには特化せず、あくまで「浪費」にこだわった。言わば「個人ＣＳＲ」のような、個人が地球あるいは文化のために何ができるか、そのアイデアを考えてみようと思ったのだ。

タイトルは「妄想浪費」とした。浪費の「浪」は、「波」という意味がある。浪人とか流浪とかいう言葉からも連想されるように、波のように移ろい定まらないという意味だ。であるなら、浪費は波を起こすための費用ではないだろうか。

一九五〇年代末に始まった映画運動「ヌーヴェルヴァーグ」なんて、まさに新しい文化の発祥を波に喩《たと》えているわけだし、かのルネサンス文化が花開いたのは、銀行家

だったメディチ家がその資産を芸術家への支援に惜しげもなく使ったおかげである。
「浪費は文化の種になる」と言っても過言ではないだろう。

もちろん、現代の日本にもそんな素敵な浪費をした、天使みたいな方がいる。ソニーブランドの礎《いしずえ》を築き、晩年は名誉会長に就任した大《おお》賀《が》典《のり》雄《お》さんは、退職慰労金十六億円の手取り分約十二億円を長野県軽井沢町に寄付。自ら事業主となって軽井沢初の音楽ホールを建設し、町に寄贈した。高さ約十九メートル、地上二階、客席数七八四席。音響的理想を追求した結果、形は五角形。木のぬくもりに満ち、年月を経てさらに音の深みを増していく、素敵なホールである。

東京藝術大学音楽学部出身で声楽家・指揮者でもあった大賀さんは、このホールで東京フィルハーモニー交響楽団などの指揮もされた。そういう私的な趣味も兼ねていたところに、粋な遊び心がある。

当時、大賀さんは奥様にこう言われたそうだ。
「青春の大切な時間を軽井沢にお世話になったのだから、コンサートホールを建てるお金を寄付しましょう」

そのような、自分の生きた時代に対する恩返しをすること、何かひとつ後世に遺すことは、真に有意義なお金の使い方だろう。日本に百億円以上の資産を持っている人が何人いるかわからないけれど、自分の人生に対する恩を返す意味で何かひとつ浪費をすれば、日本はもっと豊かな国になるのではないだろうか。

人はきっと誰かの天使になれる。

特に、お金を持っている人は誰かの天使になれる。

お金を使うことによって、誰かの人生を変えたり、誰かを幸せにしたりできる。

しかも（ここからが大事なのだが）、天使というのは誰かに感謝されるわけではなく、上から様子を見てフフフと微笑《ほほえ》むだけ。見返りは期待しない。

そんなクールで優雅な天使に、あなたもなれるのです。上質な浪費をする勇気さえあれば！

妄想浪費●目次

企む

贈る

買う

つくる

継ぐ

イラストレーション●ＳＥＩＩＣＨＩ
ブックデザイン●鈴木成一デザイン室
構成●堀　香織
協力●木原礼文（N35 International inc.）

企む

見返りは期待せず

父は熊本・天草で消費者金融業を営んでいた。目を付けたのは早かったようで、プロミス（一九六二年創業）や武富士（一九六六年創業）と同じころには創業していたそうだ。

そんな父から教わったことはいくつかあるけれど、いちばんはやはりお金の価値・使い方だろう。

僕は小学三年生で「これからは絶対カード社会になるから持っておけ」と、肥後銀行のキャッシュカードを持たされ、僕名義の口座に振り込まれる月のお小遣い六百円を自ら引き出していた（キャッシュディスペンサーで引き出せるのは千円以上なので、二カ月に一回しか引き出せなかったのだが）。

中学生になったころだったか、現金を運ばされたこともあった。バッグに入ってい

たのは、大きな束が三つあった記憶があるから、なんと三千万円！　所定の場所まで二時間半ほどバスに揺られていたのだが、周りにいる人すべてが泥棒に見えてしまうという、なんとも言えない経験をした。

　そのような父からの教えが、僕にどう影響したか。

　ケチになった。よく言えば「もったいない主義」になった。何かを求めようとするとき、それが適正な価値なのかどうかを考えてしまう癖がついたのである。

「はじめに」にも書いたが、大学時代の僕の友人は家賃三十万円、仕送り百万円というお金持ちで、試験が終わるたびにディスコに高級外車で乗り付けていた。

　一方、僕はそこに電車で向かった。さすがに車が欲しいと思ったけれど、買えるのはせいぜい中古の国産車。ならばそれを我慢して、違うかたちの贅沢な気分を味わえばいいのではないか？

　そこで行き着いた答えが「遊び場の近くに住むこと」だ。いつも決まって青山か六本木で遊んでいたので、赤坂にある秀和赤坂レジデンシャルホテルというマンション

の一室を借りた。家賃は八万七千円。大学生にしては高いけれど、車を買って駐車場代や維持費を払うことを考えたら安いものだ。遊び場には自転車で通うことにした。闇も深くなった時分、自転車で風を感じながら帰宅の途につくのは、心地よいものだった。

そう、僕は大学生のときに完全に腑《ふ》に落ちたのだ。お金を闇雲に消費するのはカッコ悪い。むしろ、価値をつくる使い方を考えることが大切だし、カッコいいことなのだと。

資産家は資産がありすぎて、使い方に困っている。もしくはお金の価値を見つけにくくなってしまう。僕は常々、「資産コンシェルジュ」というのをやってみたいと思っているのだが、お声がかからないので、ひたすら妄想に走っている。

もちろん、社会のために上手にお金を使える資産家も身近にいる。

『Ｆｏｒｂｅｓ　ＪＡＰＡＮ』の創業者・高野真さんは、「星のや東京」の浜田統之《のりゆき》料理長が軽井沢ホテルブレストンコートのシェフだったとき、別荘でのケータリングパーティで重用していた。

あるとき、浜田さんがボキューズ・ドール国際料理コンクールの国内予選に選出され、高野さんはその予選のスポンサーに名乗りをあげた。「大好きなシェフが晴れ舞台で戦うなら応援したい」という純粋な気持ちからだ。

　その想いに応えるかのごとく、浜田さんは国内予選とそれに続く大陸予選を勝ち抜き、フランス・リヨンで開催される本選で世界中から選ばれた二十四カ国のシェフと戦って、見事銅メダルを獲得した。念願の日本人初の表彰台だった。

　飲食店情報サイト「ぐるなび」の創業者・滝《たき》久《ひさ》雄《お》さんもそんなひとりだ。

「ぐるなび」は毎年「ぐるなびシェフコンテスト」を行っていたのだが、毎年一億円以上も投じながらあまり目立った効果がないということで、滝会長から僕のところに「一億円を預けるから、何かおもしろいことをしてくれないか」という依頼があった。そこで二〇一三年にスタートしたのが、新世代の若き才能を発掘する日本最大級の料理コンペティション「RED U-35」という企画だ。

　僕はここぞとばかり、滝会長や審査員の先生方にこう宣言した。

「皆さんは、料理人にとって、天使なのです！」

滝会長の〝天使のような〟貢献活動は留《とど》まるところを知らない。ここ数年は留学生向け奨学金にも取り組んでいて、東京工業大学、お茶の水女子大学、東京藝術大学の三校に計五十億円を寄付している。ご本人の著書『貢献する気持ち』にはこう書かれていた。

――貢献活動には「愛」から発するものと「憐れみ」から発するものの両方があり、憐れみの感情には自尊心や虚栄心とのすり替えが起こるのに対し、愛には本能的な与える喜びがある――。

もはや頭《こうべ》を垂れるしかない。

彼らのような資産家は、誰かの天使になれる。

しかしながら、天使というのは「見返りは期待しない」というのが鉄則である。なかなか難しいことだけど、それをこんなふうに諭してくれた人がいた。

写真家のハービー・山口さんは、とにかくいつも素晴らしいシーンに出合う。一度なんて代々木体育館でボーイ・ジョージのライブを撮影していて、彼のトイレについ

ていったら、おばさんみたいな外国人男性が入ってきたので立ち小便をしていた子どもたちがギョッとして全員振り向いた、という奇跡的な写真も撮っている。

　僕もライカを持ち歩き、いいシーンに出合ったらすぐに撮ろうと待ち構えているのだが、なかなか出合えない。それである日、「どうすればこんないい場面に出合えるんですか」と訊いてみた。ハービーさんは「人間力を鍛えればいいんです」とだけ答える。どうやって鍛えるものなのか、重ねて訊くと、こう言われた。

「例えば朝起きたときに、自分の家の前の落ち葉を掃くとします。このときに隣の家の前の落ち葉も掃く。でも、隣の家人が気がついて申し訳ないなと思わせたらいけない。いわゆる〝見返りを期待しない貢献〟をしたときに、人間力は鍛えられるのです」

「与える喜び」「見返りを期待しない貢献」――つまりはそういうことなのだ。

お年玉の渡し方

父のお年玉の渡し方はすごく凝っていた。

高校生のときに一センチくらいの分厚い封筒を渡されて、「え、こんなにもらえるの⁉」と驚いて開けたら、百円紙幣百枚だったことがある。父は一九七四年に百円紙幣が廃止される前に百万円ほどを百円紙幣に換えていたらしい。

大学生になったときは「お前に久しぶりに小遣いをやろうかな」と言い、一枚のコインをくれた。なんだ小銭か、と思ったら、十万円金貨だった。

ただお金を渡すのではなく、相手が驚いたり喜びが倍増したりするような方法やテクニックを、父はいつも試みていたように思う。

これは僕の話だが、「後悔のお年玉」というのがある。

二十五年前、サンフランシスコのザ・リッツ・カールトンに泊まったとき、元日だったので仲良くなったポーターにお年玉をあげようと思って百ドル札を渡した。でも、当然だけど一流のポーターは渡されたチップをわざわざ見ない。彼も「サンキュー」と笑顔でポケットに仕舞ってしまった。あとで百ドル札と気づいて、さぞかしビックリしたんじゃないかと思うが、もはや誰からもらったものかわからなかっただろう。あのとき、ポチ袋に入れるとか、父のように渡し方を工夫したらよかったのに、と本当に悔やんだ。

それがきっかけというわけでもないのだが、僕はいまポチ袋を持ち歩くようにしている。旅館で仲居さんに心付けを渡すときや、ちょっとしたお祝い事で小額の祝儀を渡すときなど、とても重宝する。

せっかくならとポチ袋自体も京都の紙屋さんで購入している。東京の根津でもいい感じの紙屋さんを発見した。それぞれのポチ袋を今後どんなタイミングで誰宛に使うのか、それも楽しみのひとつだ。

ちなみに「お年玉」という言葉の由来は、歳神《としがみ》様を迎える正月行事において供えた

鏡餅をお下がりとして子どもたちに分け与え、それを「御歳魂《おとしだま》」と呼んだという説が有力らしい。つまり、「神様の魂を体内に頂戴する行為」がお年玉なのであるからして、お餅からお金に変わった現代でも、その精神を意識しておくとよいかもしれない。

僕が代表を務める放送作家事務所「N35」に、内田和久二《わくわく》という作家がいる。彼が入社間もないときに引っ越しの金がないというので、三十五万円を貸したことがあった。後日ちゃんと返してくれたのだが、僕はそれを使わないままずっと持っている。本当は彼の結婚式のときにご祝儀で渡そうかなと思っていたのだが、結局違うお札で渡した。だからいまも手元にあるのは、彼がせっせと貯めて僕に返してくれたときのままのお札だ。

テレビ番組でこんな話も知った。

ある日、明石家さんまさんが買い物の支払いに千円札を出そうとしたら、その千円札の表面に「さんまさん！　いつかあなたの手にとどくことをねがってます。大好きです。」と書かれていたという。

さんまさんは「この千円札を書いてくれた子が応援してくれている。そう思える限

り芸人をやり続けよう」と思い、以来三十年間大事に財布にしまっていたそうだ（番組では当時十五歳だった女性とさんまさんが初対面した）。

お金はこんなに僕らの身近に素敵に存在するのに、執着するのはみっともないと思われたり、語ることすら憚《はばか》られたりする。

しかし、お金に特別な感情を抱くというのは、決して悪いことではない。普段無意識のうちに使っているお金に対して、あらためて感情移入すると、それは品物を購入するためのただの道具ではなく、個々人の価値観を表現する崇高なもののように見えてくる。父がくれた百円紙幣しかり、内田が返してくれた三十五万円しかり、さんまさんの千円札しかり――。

日本人は「貯金は得意だが、使い方が下手だ」と言われるのだから、今後は学校でもお金の授業を行ったらどうだろうか。もちろん、お金持ちになる方法を学ぶのではなく、有意義なお金の使い方をしっかりと学んでほしい。それは後年の生き方に直結する大事な学びになるだろう。

バースデー・サプライズ

二〇〇六年九月五日、僕は「オレンジ・アンド・パートナーズ」という企画を生み出す会社を立ち上げた。

それまで僕は、大勢の人を集めて得られた情報を拡散する〝メディアの力〟というものが存在するのなら、テレビこそがその最たるメディアだろうと信じていた。

だが、二〇〇三年四月に開業した複合施設「六本木ヒルズ」を初めて見たとき、「テレビが場所に追いこされた」という気がした。オフィスやホテル、集合住宅があり、映画館や美術館などの文化施設があり、最新ブランドショップやレストランがあり、会員制クラブまであるこの場所に、個性あふれるユニークな人たちが大勢集うことで、化学反応が起こるように新たな価値が生まれ、それが情報として発信されていくのではないか、と。

そこで、これをヒントに「場所に付加価値をつけてメディア化する」会社をつくろうと思ったのである。

設立当初から大切にしてきたのは「サプライズ」である。サプライズは感動を呼ぶ。だからクライアントに対してはもちろん、社内でも徹底される。代表的なものが、社員の誕生日に行うサプライズだ。二〇一二年、僕は副社長の軽部《かるべ》政治《まさはる》に対して、究極のバースデー・サプライズを計画した。

軽部はすごくいいヤツなのだが、実にチャラい。クリエイターの僕のそばで事務方として活躍する副社長なのだから、「普通のスーツを着て、目立たなく振る舞ってほしい」とお願いしても、オシャレが趣味で目立ちたがり屋の軽部はまったく言うことを聞かない。それで「サプライズを通して気づきを与えられたら」と考えたのがこんなアイデアだ。

大阪に味覚糖という企業がある。ここはサウジアラビアに工場を建ててビジネスをしているのだが（ここまでは真実です）、まずその味覚糖の山田泰正社長から「サウジアラビアのプリンスが今度来日するので、接待に適したお店を教えてくれませんか」と

いう連絡を入れていただく。

僕が六名で店を予約後、直前に山田社長から「一緒に行くはずの二名がキャンセルになったんです。せっかくなので小山さんと軽部さん、参加しませんか」との連絡を入れてもらう。メンツは、山田社長と、オーディションをして仕込んだ偽のプリンス、偽SP、偽通訳、そして僕と軽部だ。

さて、ここからが本番。

プリンスは、ニューヨークのカール・ラガーフェルドの一番弟子「CHALIE《チャーリー・》VICE《ヴァイス》」に今度投資をするという。しかもニューヨークと同時に東京でもローンチするのだが、ローンチ用のブランドブックのモデルを、「小山さんにお願いしようかと思ったけれど、軽部さんのほうがオシャレだからやってくれませんか？」とプリンスに言ってもらうのだ。もちろん軽部は「やります、やらせてください！」と大喜び。

このデザイナーの名にも実は仕掛けがあって「チャラい副社長」→「CHALAI Vice President」→「CHALIE VICE」という変化形。「LIE（嘘）」という音と意味もかけてある。

会食後、僕はグッドデザインカンパニーの水野学さんに架空のブランドロゴデザイ

ンをお願いし、蒲田の洋品店で就職活動に使えそうな地味なスーツを購入して、女子社員にタグを縫い付けてもらった。そして雑誌『ＢＲＵＴＵＳ』の編集者やカメラマンまで巻き込んで、軽部の誕生日にスタジオで偽の写真撮影を行ったのである。

カメラマンはシャッターを切りながら「相当いいね。表紙いけるよ」などと呟くので、軽部はいよいよ好《い》い気になっている。そこへ金髪にサングラス、キテレツなファッションに身を包んだ男が登場する。変装した僕である。軽部はもちろんチャーリー・ヴァイスその人と思い込んでドキドキしている。僕は軽部に近づき、日本語で「うん、これがいちばん似合う」と言い放った。

軽部が凍ったその瞬間、スタジオ中のみんなで「ハッピーバースデーーー！」と叫んだのである。仕掛け人は総勢五十人、最高の爆笑バースデー・サプライズだった。

さて、仕込みに三カ月もかけていたこともあり、「ＣＨＡＬＩＥ ＶＩＣＥ」というブランドにすっかり愛着がわいてしまった僕は、京都の帆布屋さんに頼んでバッグを制作。ブランドロゴのタグもつけて、おもしろいと感じてくれた人に「原価で売ります」と言ったところ、つくった四十個は即完売してしまった。

僕はそのバッグを当時三越伊勢丹ホールディングス社長だった大西洋《ひろし》さんとの会食にも持参し、「これ、あのチャーリー・ヴァイスのバッグなんです」とプレゼントした。すると大西さんは「お恥ずかしいですが勉強不足で、そのブランドは知りません」と答えるではないか。「知らない」と正直に言える大西さんに、冗談を仕掛けた僕はちょっと恥ずかしくなった。

そこでこれまでの経緯を伝え、「エルメスやヴィトンのように完璧な製品を顧客に販売するという従来のブランド戦略ではなく、顧客と一緒になってブランド価値を高めていく、〝ブランド版・初音ミク〟のようなことができたらいいなと考えています」と話すと、大西さんは目を輝かせて「おもしろい！　弊社も協力させていただけないですか」と驚くようなことを言う。

さすがにお酒の席のリップサービスかなと思っていたら、翌日すぐに紳士服担当役員から電話があり、数カ月後、伊勢丹新宿店メンズ館八階に「ＣＨＡＬＩＥ ＶＩＣＥ」が本当にオープンしてしまった。

大企業ともなればトップはまずリスクを考えると思うけれど、嗅覚でおもしろそうと思ったところにゴーサインを出して実現させる大西さんのような経営者は、本当に

心から尊敬する。それに、やはり百貨店はメディアになるパワーがある。アマゾンなどのネット通販が盛況だとはいえ、「対面で品物を売る」究極のかたちである百貨店は、やっぱりすごく素敵な場所だ。

ヘイ！　タクシー！

京都にヤサカタクシーという会社がある。通常のシンボルマークは三つ葉のクローバーなのだが、約一五〇〇台中、四台だけ、四つ葉のクローバーがあって、乗ると記念の乗車券がもらえる。

導入は二〇〇二年、雨に濡れた葉が行灯《あんどん》にくっついて、偶然四つ葉になったタクシーに乗った乗客に幸運が続いたため、遊び心で始めたらしい。いまでも「就職が決まった」「結婚が決まった」「宝くじが当たった」など、幸運を呼ぶタクシーとして、親しまれているそうだ。

そこからさらに発展した「二葉」もできて、これは二台しか走っていない。僕はそのヤサカの二葉に偶然乗ったことがある。降りるときに「お客さん、これ二葉なんですよ」と声をかけられた。領収書を上賀茂神社に持っていくと記念品をいただけると

のこと。

でも、僕は領収書に印刷された二葉マークのほうが貴重な気がして、換えていない。こういうちょっとした遊び心が、タクシー会社の名前を覚えてしまったり、イメージをよくしたりするのだから、侮れないと思う。

僕の好きな池波正太郎さんの、あるエピソードを紹介しよう。

池波さんは、タクシーに乗ったら必ずチップを払っていた。すると、どんなに機嫌の悪い運転手でも、たいがいニッコリする。自分が降りたあとも、運転手は気分がよく、次に乗車したお客様にも感じよく応対する。そのお客様は「今日はいいタクシーに乗ったなあ」と思うだろうし、一日を気持ちよく過ごせるから、その人に接した人もみんな気分よく過ごせる。

つまり、自分の投じたわずか数百円のチップが、池に石を落とすと波紋が広がっていくように、多幸感を広げていくのだ。これがダンディズムである、と池波さんは書いておられた。

お金を生き金にするのも死に金にするのも、使い方次第。池波さんのチップは、数

百円でも生き金になるという見本であり、誰もが今日から始められる素敵な使い方ではないだろうか。

京都には「京都グルメタクシー」という個人タクシーもある。元フレンチシェフがドライバーで、通常の観光案内にプラスして、美味《おい》しいお店に連れていってくれるのだ。

このアイデアを都市ぐるみで行ったらどうだろう。相乗り制度もあって、お昼時に近くにいるグルメタクシーをスマホで見つけることができ、「いま三人乗車中。あと一枠あります」なんて案内が入り、数人が事前予約のお店に連れていってもらえたら、とても便利だと思う。

いっそのこと、都内を走る五〇台をグルメタクシーにしてみたらどうか。全員英語ができて、天ぷら、焼肉、寿司などの良店に連れていき、乗車賃＋サービス料を頂戴する。料金は数人で割るから、それほど高くは感じない。僕は故郷・熊本でこのグルメタクシーをいつかやろうと思っているのだけど、その際、表示は「空車」ではなく、「空腹」にしたい。

東京にもかつて、素晴らしい音響で音楽を聴きながら東京を一周するジャズタクシーが走っていた。オーディオマニアの安西敏幸さんが考案された「ジャズクルージング」は非常に人気を博したという。

このように、何かに特化したタクシーを、運転手の趣味に応じて自由に企画させるのだ。グルメタクシー、ジャズタクシー、ロックタクシー、クラシックタクシー、写真スポットを案内するカメラタクシー、絵を描くのによい場所や美術館に連れていくアートタクシー、江戸時代の地理を教える江戸タクシーなどなど、いろんな可能性が考えられる。

ひとり当たり年間五十万円の予算を渡し、一〇〇台の東京プレミアムタクシーを走らせるとしたら、年間五千万円。ドライバーはその予算をお客様にいかに還元するか、個別に考える。例えば銭湯タクシーではオリジナルの手ぬぐいを渡すとか、江戸タクシーなら江戸のパンフレットをつくるとか。それこそ日本交通の川鍋一朗さんだったら共感してくれるかも……。

タクシーはただの交通機関ではなく、その街をおもしろくするメディアになり得る。

それぞれにもっとエンターテインメント性があれば、移動以外の目的も楽しみたいお客様が確実に増えるだろう。

地域の宝で晩餐会を

初めてそのレモンを食べたとき、驚いた。苦みやえぐみが少なく、リンゴのように丸かじりできる。しかも皮がすこぶる美味《うま》い。その名は「宝韶寿《ほうしょうじゅ》」。瀬戸内海に浮かぶ大崎下島《おおさきしもじま》（広島県呉市）で栽培されている希少レモンだ。

温暖で雨の少ない瀬戸内では明治時代末期からレモン栽培が行われ、昭和三十八年には国内生産量の約五十％のシェアを占めるまでに成長した。だが、翌年の輸入自由化のあおりをうけた国産レモンは一気に衰退していく。

そんななか、「品薄になる夏にも収穫できる国産レモンをつくれば活路を見いだせるかもしれない」と考えたひとりの男がいた。木本韶一《しょういち》さんである。木本さんは交配の方法、農薬に頼らない害虫駆除、肥料などを徹底的に研究・開発し、実に二十五年の月日をかけて宝韶寿を完成させた。

かくして「国内産レモン初の登録品種」となったこのレモンを、僕がプロデュースしたフレンチレストラン「SUGALABO」の須賀洋介シェフが見つけてきたのだ。味にも歴史にも感動した僕は、雑誌『dancyu』の連載枠で書いたりテレビ番組で紹介したりした。ご承知のとおり、発信元が小さくてもそこからインフルエンサー的に伝わることで、とても大きな反響を呼ぶことがある。宝韶寿はまさにそのケースで、僕は「料理人は地方活性の大きな起爆剤になる」とあらためて実感した。

山形でイタリアン「アル・ケッチァーノ」を営む奥田政行シェフもそんな料理人のひとりだ。時間を見つけては地方に足を延ばし、地域食材を掘り起こして、レストランで料理している。

彼を僕の故郷・熊本に連れていったときのこと。農家の方が持参されたキャベツを料理してふるまうと、その農家の方がひと口食べて泣いた。それまで千切りか炒め物でしか食べたことがなく、「自分のつくったキャベツがこんなに美味しくなるのか」と感動されたのだ。その涙に、料理人は農家の方一人ひとりのプライドを刺激し、また地域の宝を掘り起こす役目も担っているのだと感じたことをよく覚えている。

フランスにはＭＯＦ（Meilleur Ouvrier de France：フランス国家最優秀職人章）という、職人に対する国家称号が存在する。三年に一度、フランス労働省の主催でコンクールが開催され、一八〇〇にも及ぶ多様な分野から最終的に選出された数名のみが、大統領官邸のエリゼ宮にて一生涯の称号を授与される。日本における「人間国宝」のようなものと考えていただけるとわかりやすいのだが、ＭＯＦが人間国宝と少しだけ違うのは、飲食の分野にもその栄誉が与えられること。例えばポール・ボキューズ、ジョエル・ロブションなどＭＯＦを授与されたシェフは、襟元にトリコロール（フランス国旗）の入ったコックコートを着用することが法律で認められている。実に偉大なる勲章なのだ。

実は日本でも、二〇一〇年に農林水産省による料理人顕彰制度「料理マスターズ」が創設された。これは料理をレストランなどで提供するだけではなく、日本の食や食材、食文化の普及に貢献したり、その素晴らしさや奥深さを伝承・発展させたりした料理人に対して贈る賞で、僕は光栄にも第一回から審査員に任命されている。こうした制度が料理人の方々の地道な活動を後押しし、地域の生産者や食品産業との連携を

深めることになれば、と国も僕たち審査員も祈ってやまない。ちなみに先の奥田シェフは第一回受賞者のひとりでもある。

実際のところ、料理番組や地方創生の企画に携わると、全国どこの地域でも「よいものはあるんだけど、扱いや発信が下手で」という声をよく耳にする。確かに食材がよいものであればあるほど、技術というのは根付かない。新鮮であれば、そのままがいちばん美味しいからだ。

例えば江戸前寿司は、冷凍技術も交通手段も発達していない時代に新鮮な魚介類を握り寿司として食べてもらうため、塩や酢で締める、煮る、タレに漬け込むという技術を開発・進歩させた。つまり、そのまま提供するのは難しいから、技術が根付くわけだ。「美味なる食材があれど技術はない」というのであれば、料理人が新たな料理方法の開発や発信の手助けをすることは地方活性のひとつの大きな打開策になる、と僕は考える。

だが、この方法にはひとつ大きな問題がある。料理人がお店を休み、各地まで足を運んでいると、料理人自身が食えなくなってしまう。ボランティアだけでやるには限

界がある。

そこで考えたのが、新鮮なものを新鮮なうちに全国各地に送り届けることのできる超絶優秀な日本の流通業界に、この企画に関わってもらうというアイデアだ。

ひとりのシェフがひとつの地域で美味しい食材をいくつか探すとしよう。シェフはその食材で晩餐会のレシピを考える。そして月に百名様限定で六人前の食材セットとして自宅に届け、インターネットでシェフの実況中継による料理番組を提供するのだ。流通企業さんには食材の収集、梱包、各家庭への配送を担っていただく。日曜日に家族や友人同士で集まって、シェフと同じクオリティの料理パーティが開けるなんて、とても喜ばれるのではないだろうか。

いや、いっそのこと、食材探しの旅をドキュメンタリーにして、食材とその地域の魅力も伝えるパートをつくり、シェフの実況中継を生放送パートにして放送するのはどうだろうか。

食材を受け取ってシェフと同時に料理をした各家庭は、テレビに映るタレントと同時に食べ出すわけで、これはいままでにない究極の「料理バーチャルリアリティショー」になるかもしれない。ちなみに予算は、ＢＳでゴールデンタイムの二時間スペシ

ャル生番組で放送するとして、番組制作費、シェフの出張費、食材コスト、配送料などで三千万円、番組枠が二千万円、合計五千万円程度。月に一回放送だと、年に六億円あればできる計算だ。

　番組タイトルは、ヤマト運輸さんご提供であれば「黒猫晩餐会」、佐川急便さんであれば「飛脚晩餐会」というのはどうだろう。もちろん残念ながらこれはビジネスにはならない（儲からない）から、宣伝もしくはＣＳＲとして割り切ってくださるとありがたい。

　料理は、いちばん簡単に人を喜ばせることができる。言葉が通じない者同士でも笑みがこぼれる。そんな食卓の幸せに貢献してくださる流通業界の皆さんを、心よりお待ち申し上げます。

一歩、踏み出して

銀座に「さわ田」というミシュラン二つ星の寿司屋がある。あるとき、「さわ田」でひとり寿司をつまんでいると、カウンターの並びにひとりの外国人が座っていた。彼は日本語がまったくできない様子だったが、なぜか注文だけは日本語でしていた。しかもコハダとかアワビの肝とかクチコとか、外国人にはちょっと珍しい、通《つう》な頼み方をするのだ。おもしろい人だなあと気にかけていると、僕が頼んだネタを彼が真似して頼んだので、それを潮に名刺を交換した。

数日後、ロサンゼルス（ＬＡ）に住むその彼から「来月、日本に行くから食事しませんか」というメールがあったので、月島の焼肉店に招待すると、とても喜んでくれた。彼は番組プロデューサーのような仕事をしており、宝くじのテレビ番組を日本でつくりたくて何回か来日しているとのこと。食事のお礼のメールには「来月も行く」

と書かれていた。奮発して「京都吉兆嵐山本店」に連れていくと、これもすごく喜んでくれた。そしてまたもやお礼メールには「来月も行く」とあった。

さすがに弊社の社員が「その人、薫堂さんに奢ってもらうのが目的なんじゃないですか」と彼を疑い始めた。「でも、ＬＡに来るときはぜひ自分のところに遊びに来てほしい、ご馳走するからって書いてあるよ」と返すと、「それは来るわけないと思っているんじゃないですかね」と言う。

そこでＬＡ出張の際に「いまＬＡなんだけど、遊びに行ってもいい？」とメールをしてみた。彼は「もちろん！　明後日の十二時はどうだろうか？」と住所を教えてくれた。だが、それでも副社長の軽部政治は「これはもしかすると手の込んでいる詐欺かもしれない」と勘ぐることをやめない。「その住所が貸しスタジオという可能性もありますよ！」。

僕たちは招待前日に確かめてみることにした。教えられた住所を頼りに訪れると、そこはテレビで見るビバリーヒルズそのままの超豪邸街で、表札には彼の名前がある。ランディ・カッツ。

よかった、貸しスタジオなんかじゃない！　との喜びもつかの間、玄関扉が開いて、

なんと本人と子どもと奥さんが出てくるではないか。僕らはダッシュで逃げた。ビバリーヒルズの超豪邸街を息を切らして走りぬける日本人ふたりの姿はだいぶ怪しかっただろう。

翌日、僕はさも初めて来たかのようにランディの家を訪れた。楽しい時間を過ごした僕らはさらに仲良くなり、その後も彼が日本に来るときには僕がご馳走して、僕がＬＡに行くときには彼にご馳走してもらった。まさに英語でいうところの〝It's my turn.〟というように。

そんな彼にいちばんご馳走になった、忘れられない夜がある。

脚本を担当した映画『おくりびと』が米アカデミー賞・外国語映画賞にノミネートされたので、僕は社員全員をＬＡに連れていき、授賞式の時間を、会場ではなく、あえてランディの自宅で過ごさせてもらった。

到着して最初に通されたのは、なんとスタンディングバーに変貌していた子ども部屋。シャンパンで乾杯したあと、七つの暖炉のある大豪邸の各部屋に用意されたご馳走を順番に回って堪能した。とっておきのシャンパンやワインがランディの手によっ

てどんどん開けられた。

そして、固唾《かたず》を呑んで見守った外国語映画賞のタイトルは『Departures（おくりびと）』！　最高の一夜を僕らはランディの家族とともにした。

これほどの接待を受けた以上、ランディにサプライズ返しをしなくては。しかもうんとスペシャルなもので――。

僕は、六本木アークヒルズアネックスに出す予定だった「タワシタ」というレストランの支店を、「ランディを驚かせるための店」にしようと思いついた。

店の名前は「ＲＡＮＤＹ―Beverly Hills Tokyo―」。ビバリーヒルズに本店がある、と思わせる仕掛けである。ロゴは、パーソナリティを務めるラジオ番組で募集して、一般の方がつくってくれたものを採用させていただき、ランディ・カッツという名前にちなんだ「ランディ・カツサンド」というメニューも用意した。

そのとき、あらためて感じたことがある。新しい店をつくるとき、一般的には「二十～三十代のハイセンスの女性」とか「四十代のエグゼクティブ・ビジネスマン」などと非常にマスなターゲット設定をする。そうではなく、もっとコアな誰かを想像し

ながらつくったほうが、いい店ができるのではないだろうか。

　僕たちは「ランディ・カッツ」というたったひとりをイメージし、彼が本当にハッピーな気持ちになるための店にしようと考えた。そしてその気持ちを社員みんなで共有し、半年間営業しながら、彼が来る日を待ちわびた。

　いよいよランディが来日することになり、僕は「いい店を見つけたんだよ」と「RANDY」に彼を連れてきた。店名を見るやいなや、彼は「オーマイガー！」と叫び、信じられないような面持ちで出迎えのスタッフを見渡してから、こう言った。

「すごいサプライズだ。こんな幸せなことはないよ」


　旅先でも、日常でも、ひとにぎりの好奇心さえあれば、人は誰とでも仲良くなれる。いままで知らなかった視点や価値観にも巡り合える。地球上には約七十九億人（二〇二一年現在）いるけれど、自分が声をかけなかったら二度と人生で巡り合わないかもしれない。

　だから僕は一歩、踏み出してみる。ランディとの生涯の友情は、そんなふうにして始まった。

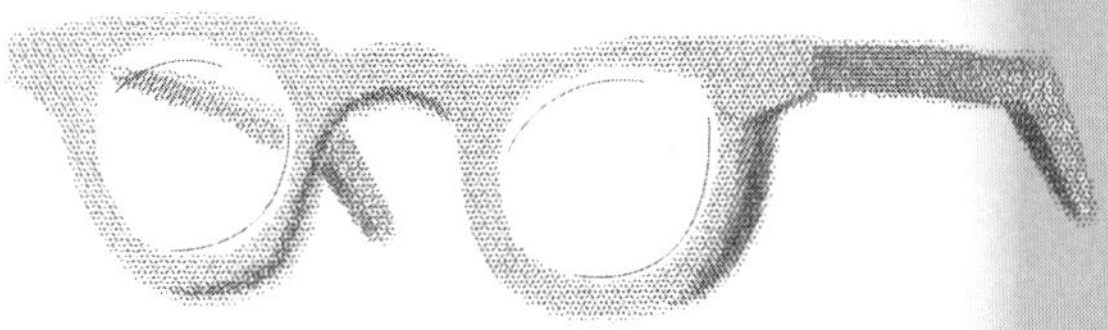

贈る

入院生活を楽しむ方法

二〇一六年二月末、右足を骨折した。

その日、僕は奈良にいた。京都の老舗割烹「下鴨茶寮」のオーナーとなり、その銀座店オープンに向け、抹茶茶碗と酒器を購入するために、陶芸家・辻村史朗さんの工房を訪れていたのである。

辻村さんは、一般的には細川護熙《もりひろ》元総理の師匠として広く知られるようになったが、その実五十年近く、師を持たずにまったくの独学で土と格闘して作品をつくり続けてきた人だ。評価は日本国内にとどまらず、アメリカのメトロポリタン、ボストン、ブルックリンなどの名だたる美術館に作品が所蔵されている。

その辻村さんに「好きなの選んでいいですよ」とありがたい言葉をいただいた僕は、たったひとつを選び抜こうと、窯にあったお茶碗を十個ほど選んで盆に並べ、外へと

運び出した。ところが、枯葉の下に丸太が埋まっていて、それに足をとられたのである。盆にはひとつ五十万円は下らないお茶碗が十個！　とっさに盆を両肘で抱えこんだ僕は、そのまま正座のような姿勢で転んでしまった。

見ると、右足が変な角度で外に向いている。お茶碗はひとつも割れなかったけれど、骨が折れていた。こうして一カ月にわたる京大病院での入院生活が始まったのである。

人が病に臥したときほど、「本当に必要なものって何だろう？」と考える機会はないかもしれない。

入院で最初に辛かったのが、ベッドの寝心地が悪く、腰が痛くてよく眠れないことだった。それで腰痛に効くベッドマットを探そうとネットで検索すると、トップに出てきたのが高反発マットレスの「エアウィーヴ」。幸運というべきか、高岡本州《もとくに》社長とは面識があったので、「エアウィーヴってこういう状態のときにも効きますか？」とメールをしたら、なんと五時間後に社員の方が病室まで持参してくれた。

早速使用してみると、浅田真央さんや北島康介さんが海外遠征にこれを持参する気持ちが、すごくよくわかった。それまでは夜中に何度も目が覚めて「早く朝にならな

いかな」と思っていたけれど、エアウィーヴをベッドの上に敷いて寝はじめたときから、「あれ？　もう朝になったんだ」と思うくらい、違いが歴然だったのだ。

そこで考えたのが、高性能ベッドマットのレンタルシステムである。

エアウィーヴは約十万円と高く、個人で購入するのは大変だから、入院した方のために支給できるシステムがあったらいいと思う。僕なら絶対に利用する。

システムのないいまは、お見舞いの一品としてどうだろう。会社の上司やお得意様が入院したときに、千疋《せんびき》屋のメロンも喜ばれると思うけれど、十人が一万円ずつ出し合って高性能ベッドマットを持っていったら、喜ばれること間違いなしである。

実はこの入院で、二百人ほどの方々からお見舞いをいただいた（本当にありがとうございました。感謝の念に堪えません）。何事も数が集まれば発見がつきものだが、二百ものお見舞いにはいろいろと考えさせられることがあった。

例えば、「京菓子司　末富」には「薫堂」という僕のオリジナルの焼印が置いてあるのだけど、末富さんがその焼印を使った麩焼き煎餅「京ふうせん」を三十個ほど持ってこられた。曰く、「お見舞いに来た方に渡してあげてください」とのこと。

僕の番組を担当するラジオディレクターも、ギプス姿の僕のイラストに「お見舞いあざっす。」と書いたステッカーを作成して、「お見舞いに来た方に渡してください」と言ってくれた。

ふたりの共通点は、「小山薫堂の病室には見舞客がたくさん来るだろうから、彼らを手ブラで帰さないための何か」という視点で見舞いの品を考えていることだ。人を慮《おもんぱか》るというのはこういうことかと、ほとほと感激してしまった。

何度も入院経験のある友人が教えてくれた、「あなたが人生でいちばんおもしろいと思った本を持ってきて」と先にお願いするアイデアも非常にユニークだと思う。本には見舞客に名前を書いてもらい、〝入院生活文庫〟として自宅の本棚に置いておく。本を開くと入院時のいろんな記憶がよみがえる、という仕組みだ。

さりげなさの極みでいえば、一澤《いちざわ》信三郎帆布の信三郎社長が自宅の庭に咲いていた椿を手折《たお》り、江戸時代の古い花瓶に挿して、持ってきてくれたこと（なんと粋だろうか）。それから、さる方が持参してくださった日本地図や（退院したら行ってみたい場所を探すだけで楽しい）、男同士だとエッチな雑誌の差し入れってよくあるけれど、京都市長が持ってきてくれた春画展の分厚いカタログなどはセンスが光っているなあと感

じた。

そのような稀有な状況だったので、僕自身も「いらっしゃる方をおもてなししよう！」と思い立ち、病室をお茶室と捉えることにした。名前は「惚節庵《こつせつあん》」。そう名付けた瞬間から、入院が楽しくなったのは言うまでもない。

辻村さんがお見舞いで持参してくれたお茶碗で点《た》てたお抹茶と、末富さんの京ふうせんでおもてなし。病室まで足を運んでくださった方々が非常におもしろがってくれて、僕もとても有意義な時間を過ごすことができた。

入院中にもうひとつ考えたのが、病院食のさらなるクオリティ向上である。

それまでは「病院食は不味《まず》い」というイメージがあったのだが、普通に美味しくて驚いた。入院患者にとって「食」は元気回復のための精神的な薬のようなもの。病院食が美味しいというのは、それだけで社会貢献ではなかろうか。

そこで病院食をつくるメディカル給食センターが料理について相談できる、一流シェフのネットワークを開設するのはどうだろう。弁護士費用がない人が利用する「法

テラス」になぞらえ「シェフテラス」と名付けて、「一定の栄養価でカレーをもっと美味しくするためにはどうしたらいいですか」「珍しい食材があるのですが、調理方法を教えてください」というような給食センターからの相談を、登録しているシェフが解決するのだ。たまにはシェフ直伝のメニューを開発して、それは入院一カ月の節目などで無料で食べられたりしてね。

しかもそのシステムは病院食で始まり、学校給食、さらにはひとり暮らしの高齢者の食事を支えるまでに成長するかもしれない。味の素さん、キユーピーさん、日清食品さん、企業が大きく育った恩返しに、ここで一役買いませんか。

高倉健さんに学ぶ

プレゼントを贈るとき、相手の方に心から喜んでもらう品を考えるというのは、なかなか至難の業だろう。特にお中元やお歳暮などが形骸化しているいま、「わ、こんな素敵なものを！」と驚いてほしければ、それなりの工夫が必要になってくる。僕の場合は、自分がいいなと思った品に、ちょっとだけオリジナル性をプラスして贈ることにしている。

二〇一七年は「京・西陣　孝太郎の酢」による体験・販売「ＭＹぽん酢」をつくった。橙《だいだい》、かぼす、すだちの三種の果汁と出汁を自分好みでブレンドし、世界でたったひとつのポン酢をつくるというアイデアは唯一無二だし、いったん作成したレシピで何回でも注文可能。お鍋の時期にさりげなく渡すと、非常に喜んでもらえた。

これも京都だが、「京菓子司　末富」で販売されている小さい麩焼き煎餅「京ふうせ

ん」が好きで、これに自分の焼印を押したオリジナルをつくり、バレンタインの返礼として贈ったこともある。

二〇一八年は、愛知県の「ヤマサちくわ」とコラボして、「巻物竹輪」のサンプルを完成させた。そもそもの始まりは、僕がラジオパーソナリティを務めていたＴＯＫＹＯ ＦＭ「ブリア＝サヴァランの食卓」で、文政十（一八二七）年創業、七代目社長の佐藤元英さんと行った対談だ。

僕は竹輪が大好きなのだが、何が好きって竹輪の「皮」が大好き。そこで、竹の棒に皮を巻き付け、巻物風にした製品を開発してもらったのである。「巻子《かんす》竹輪」という名で、オンラインでも販売しているので、興味のある方はぜひ！

〝粋なプレゼント〟で思い出すのは、高倉健さんである。

時計好きの健さんは、気持ちの通じ合った共演者や友と認めた人に、ロレックスなどの高級腕時計に自らの名を彫ってプレゼントする習慣があったという。映画『ブラック・レイン』で共演したアンディ・ガルシアもそのひとりで、健さんが長年愛用していた私物のロレックスを受け取っている。バックルには筆記体で「Ｋｅｎ」と彫ら

れていたそうだ。素敵すぎますね。

実は僕もある企画の打ち合わせで健さんと何度かお会いする機会があり、「企画が成功したら、伝説のあの時計をもらえたりするんだろうか」なんて妄想を膨らませていた。残念ながら一緒に仕事をすることは叶わなかったけれど、健さんからは、ご自分が気に入っているという福岡の店のドリップコーヒーを送っていただいた。そのお心遣いがとても嬉しく、一杯一杯を大切に飲んだことを覚えている。

さて、僕も気持ちの通じ合った仕事仲間や友と認めた人へ何か特別な品を贈りたい！と思い至り、試行錯誤してたどり着いたのが、ＥＹＥＶＡＮとコラボしたサングラス＆メガネである。

ＥＹＥＶＡＮは防塵用メガネを主に製造していた山本防塵眼鏡（現山本光学）が、石津謙介さん率いるヴァンヂャケット（ＶＡＮ）と一九七二年に共同で設立した、日本初のファッションアイウェアブランドだ。

ＥＹＥＶＡＮの山本典之社長と懇意になって相談したところ、僕が月に一度ショップに行って「◯◯さんにはこれ」と一点ずつ選び、オリジナルのケースに入れ、サン

グラスなら“You need sunglasses because your future is too bright.”と書かれたメッセージカードを添付し、一澤信三郎帆布でつくってもらったオリジナルのバッグに入れて、誕生日に贈ることになった。

「健さんのロレックス」とは桁が違うが、中学時代、バスケットボールの練習の際にVANのTシャツを着ていた僕にとっては、自分がもらっても嬉しい、僕なりの特別なプレゼントだ。

いただいたプレゼントで「うまいな」といまでも思い返すのは、阿部真理子さんである。もう亡くなられてしまったが、痛快な毒舌と猛烈な気遣いで多くの仲間に愛されたイラストレーターで、美味しい胡麻のふりかけをいただいた。

「小山君、ふりかけがなんでいいと思う?」と尋ねられ、答えに窮していると、「これはもらった人が負担にならないのよ」と言う。

返礼の品を思案させる高価な贈り物は、相手の負担になりかねない。でも、胡麻のふりかけ程度であれば負担にならないし、食べると美味しいし、「これくらいがちょうどいいのよ」と。そういう視点も大事にしなくてはいけないと思う（考えたら、ポン

酢も京菓子も巻物竹輪も、阿部さんのそんな教えの影響かもしれない)。

そういえば、弊社の顧問の趣味がガラス細工で、グラスをつくっては僕にくれた。最初は「これ、もらっても困るなあ」という出来だったのだが、どんどん上手になり、今年の誕生日にいただいたワインクーラーはとても気に入っている。ガラス細工でも陶芸でも絵でも、趣味の世界でオリジナルのプレゼントをつくるというのは、意外によいアイデアかもしれない。


弊社では社員の誕生日にバースデー・サプライズを行うのが慣例だが、もちろん僕の誕生日にも社員が総出で何かを仕掛けてくる。

二〇一八年はなかなか凝っていた。陶芸家・辻村史朗さんの奈良のご自宅を訪ねて小さな酒器を購入し、そこから計四十五人の社員が駅伝よろしく、東京までの約五百キロメートルを、週末を利用して三週間にわたって走ったのだ。

僕は誕生日当日、レストランでそれを知らされ、駅伝の様子をまとめたビデオを見せられ(「スタッフがひとつになって走りつなぎ、汗と涙が染み込んだ、世界でたったひとつのプレゼントを贈りたい。こうして、奈良と東京をつなぐ前代未聞、五百キロメートルのKOYAMA

ＥＫＩＤＥＮが幕を開けたのです」というナレーションが入っていた）、そこへ最終ランナーが飛び込んでくる、という大掛かりなサプライズだった。

箱根駅伝を毎年楽しみにしている僕だから喜びひとしお、さらに僕が代表を務める放送作家事務所「N35」、企画制作会社「オレンジ・アンド・パートナーズ」、京都の老舗割烹「下鴨茶寮」という、個別の会社の社員が駅伝を通じてつながったことがとても嬉しかった。

社員の誕生を祝うというのは、どんな規模の会社でもやろうと思えばすぐにできることだが、花束やお祝いの言葉だけでなく、個人が喜ぶサプライズを付け足したらどうだろう。人を驚かせるためのアイデアづくりはきっと製品や営業やサービスにも活きるだろうし、なにより終わったあとに社員の間に団結力や絆も生まれる。心からオススメします！

恋が叶う魔法のインク

日本郵便提供のラジオ番組、ＴＯＫＹＯ　ＦＭ「ＳＵＮＤＡＹ’Ｓ　ＰＯＳＴ」で、宇賀なつみさんとともにパーソナリティを務めている。

コンセプトは「手紙から始まる物語。」。リスナーから届いた直筆の手紙やハガキを読み上げたり、ゲストに手紙にまつわる思い出を訊いたり、手紙文化や郵便局を盛り上げる企画を考える「ポスト会議」を行ったりしている。

思い返せば、僕の放送作家としてのキャリアの始まりは「ハガキ整理」だった。

大学一年生のときに文化放送でアルバイトを始めたのだが、ＡＤとしてのいちばん大切な仕事が、ハガキに目を通し、番組のコーナーごとに仕分けをして、作家さんに渡すことだったのだ。年齢も性別も職業も趣味・嗜好も違うリスナーの書いたたくさんの投稿に目を通すわけで、必然的にネタの拾い方やテーマの選び方、読ませる文章

づくりなどを自然と学んだ気がする。

当時の投稿のほとんどはハガキで、次第にファックスに移行した。いまはメールやＳＮＳが主流だ。それでも、「ＳＵＮＤＡＹ’Ｓ　ＰＯＳＴ」で「せっかくなので手紙で送ってください」と呼びかけたところ、毎週たくさんの手紙が届いて、正直驚いている。実はみんな手書きで何かを書きたがっているのだ、と僕は確信した。

手書きには個性がある。同じくパーソナリティを務めるＦＭヨコハマの「ＦＵＴＵＲＥＳＣＡＰＥ」は二十年続く長寿番組でもあるが、いまだにファックスで送ってくる人がいて、字を見た瞬間にどなたの投稿かがわかる。会ったことはないけれど、その人の顔（のイメージ）まで思い浮かぶ。手書きにはそうやって読み手に対して想像を膨らませるという、メールやＳＮＳにはない魅力が詰まっている。

趣味でもなんでも、最初に道具を揃えるとワクワクは倍増する。そこで僕は、手書き文化を広めるための道具はないかと考えた。

思いついたのが、自分色のインクだ。

以前、脚本家の倉本聰さんから誕生祝いに、万年筆とワインカラーのインクをセッ

トでもらったことがあった。メッセージにはこう書かれていた。――この万年筆で脚本なんか野暮なものを書いてはいけない。ラブレターを書きなさい。これは恋が叶う魔法のインクなのだから――。

そんな粋な贈り物の思い出もあって、暑中見舞い用のオリジナルインクをつくってみたらどうだろうかと思ったのだ。

僕と宇賀さんは蔵前にある「inkstand by kakimori」を訪ねた。ここでは十七色のインクの中から好きな組み合わせで最大三色まで選び、自ら調合してオリジナルインクをつくることができる。

宇賀さんは「夕暮れの砂浜」ということでオレンジ系、僕は「夏の水たまりに太陽が映り込み、そこに青葉が一枚ひらひらと落ちる」ということでブルー系のインクを調合し、それぞれ「SUNDAY'S POST ORANGE」「SUNDAY'S POST BLUE」という名をつけた。

お気に入りの万年筆とインクを用意したら、書いてみたくなるのが人情というもの。僕自身はといえば、経営する京都の老舗料亭「下鴨茶寮」の全スタッフの誕生日には、ペアお食事券に直筆のメッセージを書き添えてプレゼントしている。スタッフは約二

百人。よく知っているスタッフもいればそうでもないスタッフもいるので、後者の場合は総務部からいろんなネタ――例えば「強面《こわもて》だけどケータイの待受画面は可愛い我が子の写真です」とか「ボストン生まれで英語がネイティブ、百人一首三段の北米チャンピオン」とか、キャラクターがわかる話を教えてもらう。

そうやってあれこれと相手のことを考えて何かを書く時間は、自分にとってもとても有意義なもの。日本人は年賀状は好きなのに、誕生日にカードを送る人は少ない。ハッピーバースデーハガキみたいなものがもっと日本で普及したら、手書き文化も残せるのにと思うのだが。

思い返せば、脚本を担当した映画『おくりびと』で、「石文《いしぶみ》」というモチーフを使った。向田邦子さんのエッセイ（『男どき女どき』収録の「無口な手紙」）で、人が言葉を持たなかった時代に「石を選んで渡し、相手に想いを伝える」という風習があったことを知り、素敵だなと思って拝借したのである。郵便の原点は、この石文だ。重要なのは「速く渡すこと」ではなく、「人に想いを届けること」である。

京都が縁で知り合ったプラスチック製品の総合企業、キョーラクの社長・長瀬孝充《たかみつ》さんの趣味は、手書きの年賀状を送ることだという。送る相手は友人や仕事関係者だけでなく、なんと一度会って食事をしただけの人まで。それを二十五年以上続け、いまでは四三〇〇人を超えたという。当然、十二月に入ってからでは間に合わないので、八月末から書き始め、会食前の喫茶店でも飛行場のロビーでも空いた時間を使って毎日何枚か書いていくそうだ。

始めたきっかけや続けられる理由を尋ねたところ、「仕事一筋で友達が少なかった父から、『たった一枚の年賀状で友情が続くから書くように』と勧められたんです」「いまは年賀状を書くことが敬遠されていますが、周りに不幸のなかった一年を感謝できるというのはありがたいものです」とのことだった。

この時代だからこそ、手書きは気持ちや感謝を込めることができる。書籍編集者は本を書いてもらいたい著者に直筆の手紙を書く、とはよく聞く話だが、僕も特別な企画に関しては、相手の方に直筆の手紙を出すことがある。想いのこもった手紙には相手の心を揺り動かす何かがあるのだろう。企画がスムーズに運んだり、お断りされたとしてもご本人から丁寧な返信があったりする。

いただいた返信の中で特に忘れられないのが、高倉健さんからのお手紙だ。まず、僕が送った手紙と映画企画のプロット、プロットを読む際にイメージが広がるように添えたＣＤとコーヒー豆に対してのお礼が書かれ、ご自分の役者としての半生について思うところが書かれていた。

タイプアップされたものではあったが、選ばれた言葉一つひとつ、改行や一行アキから、健さんご自身の想いが伝わってきた。そして、文末のサインは万年筆での直筆。残念ながら一緒に仕事をすることは叶わなかったが、この手紙は僕にとってかけがえのない宝物である。

万年筆とインク、手紙セットを持ち歩き、ふとしたときに誰かに書く。それは、ＳＮＳでアップしたその他大勢に対する投稿とは違って、たったひとりの誰かのために書かれたもの。考えたら日本国内であれば封書はたったの八十四円、ハガキはたったの六十三円で届くわけで、相手を幸せな気持ちにするのにこれほど安上がりな方法もないかもしれない。

買う

ミニシアターを買いましょう!

僕の故郷、熊本県天草市にたった一軒、「本渡《ほんど》第一映劇」という映画館がある。座席数一一六席の小さな映画館だが、支配人の柿久和範さんは「天草映画祭」や、千葉真一さんの映画のみを上映する「千葉祭」、撮影カメラマン木村大作さんを特集した「木村大作戦」などのユニークなイベントを考えて、その灯を絶やさぬように孤軍奮闘している。

その歴史を繙《ひもと》くと、オープンしたのは戦後間もない昭和二十年代で、当時は三階席を有する熊本県でもトップクラスの大劇場だった。だが一九七一年の大改築で建物は半分に縮小、洋画専門館として再スタートを切るが、一九九〇年を最後に休館。その後、東京からUターン帰郷した柿久さんが三日間だけ映画館を借り切って、素人ながら「天草シネマパラダイス」を開催したのが一九九一年のこと。七年後に正式に映

画館を譲り受けたという。

第一映劇は僕が小学生のころに初めて映画を観た映画館でもある。そのとき何を観たかはちょっと覚えていないが、『ジョーズ』や『タワーリング・インフェルノ』を観たことははっきりと覚えている。

不思議なことだが、ミニシアターは大手シネコンと違って「この映画はここで観た」とセットで記憶をしていることが多い。その小さな空間に支配人の作品選びのセンスや、二時間の暗闇を観客ごと包む親密な空気というものがあって、隣に座った親しい人の息遣いや笑い声、泣いた横顔とともに記憶に強く残るからかもしれない。

そんなミニシアターが、全国各地で閉館を余儀なくされている。

日本映画製作者連盟のデータによると、二〇二〇年十二月現在の全国の映画館スクリーン数は三六一六、うちシネコンは三一九二、一般館は四二四。一方、二〇〇〇年のスクリーン数は二五二四、うちシネコンは一一二三、一般館は一四〇一。一般館≒ミニシアターと考えれば、この二十年で約一〇〇〇館が消失、三分の一以下まで減ったことになる。

レンタルDVDやインターネット配信、地デジの普及に加え、スマホ一台あればいつでもどこでも自由に映画を観られる時代になった。映画館に足を運ぶ人が減少するのも致し方ないのかもしれない。でも、僕は、映画館の（特にミニシアターの）、誰かと一緒に感動を共有する、分かち合うというところに、けっこう大切なものがあるのではないかという気がするのだ。

第一映劇も一時期は存続の危機にあったが、二〇一五年に天草市が年間数百万円を補助し、市民の観たい映画をアンケートで選定して第一映劇で上映する「天草市市民シアター」という施策をスタート。二〇二一年七月には第三十七回を迎えた。市民と天草市が一丸となってこの小さな映画館を守っていることが、本当に嬉しい。それは「映画館で映画を観る幸せ」を守ることでもあるのだから。

僕自身もこの小さな映画館を見守りたいという気持ちが強くあって、自分が携わる企画では幾度となく紹介してきた。テレビ番組で脚本家の倉本聰さんを連れていったこともある。

崎津、御所浦などを廻ったあと、第一映劇の近くまで行き、「僕、子どものころ、ここで初めて映画を観たんです」「おお、いい劇場ですねえ」「ちょっと中、覗いてみ

ます？」ということで中に入っていくと、倉本さんが脚本を書いた高倉健さん主演映画『駅　ＳＴＡＴＩＯＮ』が上映されているというサプライズ！　エンドロールまで観客の皆さんと一緒に観たあと、ご挨拶していただこうと思ったのだが、倉本さんは二十余年ぶりの映画に感極まったのか涙ぐまれ、僕もとてもじんとしてしまった。ミニシアターはそんなほっこりとしたサプライズがよく似合う場所なのだ。

二〇一五年には「天草映画祭２０１５」で、僕が企画・脚本・監督をした熊本県観光ＰＲフィルム『くまもとで、まってる。』と『ふるさとで、ずっと。』の上映もした。前者は熊本に暮らす無名の五組の家族の、なんでもない日常を映し出した一一人のドキュメントショートフィルムで、「人が待つ」という行為をストーリーの軸にしており、「あなたを熊本で待っているよ」というオチになっている。

これが非常に好評だったため、続編をつくった。それが後者で四年後の五組の家族をくまモンが訪ね、四季折々の風景とともに紹介している。最終ロケはくまモンと一二〇人を超える市民エキストラが第一映劇に集結して撮影したのだが、これも柿久夫妻には内緒にしており、サプライズをとても喜んでもらえた。

この二作品は「世界一小さな劇場だけど、世界一大きなネットワークになるかもしれない」というコンセプトで、DVDセット（ポスターやパンフレット、チケット、くまモントロフィー付き！）を一万円、一〇〇〇人限定で購入してもらい、ミニ映画館「くまモン座」の支配人として自主上映会を開いてもらうことにした。

要するに「映画館ごっこ」をしたかったのだ。昭和四十年代、カラーテレビが家に来たときに近所の人を「見に来ない？」と茶の間に誘ったように、その二本の上映をきっかけとしてお茶の間映画館が週末の定番になっていったら、と。お母さんはポテトサラダをつくり、お父さんがビールを用意して、近所の人たちを集めて、「今日は伊丹十三の『タンポポ』をお見せしましょう」なんてね。そんなことが各地で起こったら、なんて素敵なことだろう。

ＤＶＤはありがたいことに発売一年で、日本国内だけでなく、北京の学生さんや香港のくまモンファンの皆さんにも購入していただいた。くまモン座が「誰かと一緒に観る幸せ」を取り戻すきっかけとなっていたなら、こんな嬉しいことはない。

映画に出資したいという企業や資産家はすごく多い。でも箱（映画館）に出資した

いという人はほとんどいない。

確かに儲かりはしないだろう。でも、自分の別荘にシアタールームをつくるのであれば、いっそのこと地方の小さな映画館を買って、自分の理想とする劇場をつくりあげるというのは非常に夢のある話ではないだろうか。お買い上げのあとは、年間一千万円ほどで運営できる。

ここはやはり、映画好きが高じて映画会社「キノフィルムズ」をつくってしまった木下工務店の木下直哉会長に先陣を切ってほしい。文化支援活動になるのはもちろん、地域貢献にもなり、社員に運営させればクリエイティビティや倫理観を磨くきっかけにもなる。自分がディレクターになって映画祭もできる。きっと新たな楽しさを発見できることと思います。

未来のバスキア

ボルドーの五大シャトーのなかでも、特にブランド戦略に長《た》けているのがシャトー・ムートン・ロートシルトだと思う。

ワイン好きなら誰でも知っている話で恐縮だが、オーナーのフィリップ・ド・ロートシルト男爵は、年ごとのラベルのデザインを、そのときどきの著名な芸術家に依頼するという案を思いついた。それで一九四五年以降、ラベルには偉大な画家や彫刻家による作品が印刷されている。七〇年はシャガール、七三年はピカソ、七五年はアンディ・ウォーホル、八八年はキース・ヘリングというように。

実は二十代の僕がワインを好きになったきっかけが、このムートンだった。先輩に「レストランでオーダーするとき、年代じゃなくて画家の名前を言うとカッコいいよ」と言われたのだ。僕は一生懸命「〇〇年は誰それ」と暗記し、デートの際に「ムート

ンのシャガール、あります？」などとソムリエに尋ねた。ワインが出てきて、女の子が「わあ、私のバースデー・ビンテージじゃない！」と喜んでくれたのは言うまでもない。

　こんな事件が起きたこともある。

　九三年のラベルは、バルテュスによる横たわる裸の少女。しかし、幼児虐待という意味合いでアメリカのＡＴＦ（Bureau of Alcohol, Tobacco, Firearms and Explosives：アルコール・タバコ・火器および爆発物取締局）に使用を拒否され、アメリカ輸出用のボトルのみ、デッサン画が削除された。つまり九三年は二種類のラベルがある。コレクターは両方揃えたいので、売れ行きが非常によかったらしい。まさに、災い転じて福となったわけだ。

　ちなみにラベルへ作品を提供してくれた作家に対するギャランティは現金ではなく、その年のワインが数ケースプレゼントされるという実《まこと》しやかな噂もある。なんとも粋な話ですね。

アートではもうひとつ思い出がある。

五十歳になった記念に一カ月の休暇を取って、旅をした。和歌山の熊野古道を三日間巡礼したり、イスタンブールからサンクトペテルブルクまで、バックパックで十九日間の世界一周をしたり、非常に有意義な時間を過ごした。

その休暇の半ば、ニューヨークのホテルのバーでお酒を飲んでいたときのこと。バーをプロデュースしたのはダニエル・ブルーというフレンチ界のスターシェフなのだが、僕を見つけるなり「久しぶり！　元気かい？　ゆっくり話したいんだけど、これからミック・ジャガーの相手をしに行かなきゃならないんだ。何か好きなお酒、飲んでいっていいから」と言われた。

すると一部始終を見ていた僕の隣のアメリカ人男性が、ダニエルのファンらしく、「君は彼を知っているのかい？」と訊いてきた。「うん、昔からの知り合いなんだ」と答えると、羨ましそうに僕を見つめてから、「君はアートに興味ある？」と尋ねる。「あるよ」「いつまでニューヨークにいる？」「明日の夕方の便でイスタンブールに行かなきゃいけないんだ」「じゃあ明日の午前中に俺の事務所に来てくれ」。そう言って、彼は僕に名刺をくれた。フレデリックという名前だった。

翌朝、トランプタワーのなかにある彼のオフィス兼住居を訪ねると、そこはアートギャラリーのような趣。フレデリックは画商だった。エゴン・シーレや現代アートのすごくカッコいい作品をたくさん見せてくれたあと、彼は風景画が二点かかっている壁へと僕を案内した。

「モネだよ。こっちは十五億、あっちは二十二億」

その金額にさすがに驚きを隠せずにいると、「もし君が日本人のお客さんを探してきてくれたら、手数料として五％あげる」と続けるではないか。そして自分は近代美術館に卸したりしているし、怪しい者ではないからと、プロフィールと作品リストをメールしてくれた。

きっと僕がダニエルと知り合いだから、アート好きな日本人の資産家くらい知っているんじゃないか、と踏んだのだろう。残念ながら、なかなか十五億のモネを買うような知人は見つからなかったのだけど。

考えてみると、アートの〝価値〟というのは、その作家や作品に対してどれだけ深

く熱中してくれる人がいるか、によって決まる気がする。例えば奈良美智《よしとも》さんの絵を十万円なら買うという人が千人いるより、一億円でも買うよという人が三人いるほうが、作家としての価値は高くなる。

もっと言えば、ふたりの熱烈なファンがいれば、その人が巨匠になり得る可能性が出てくる。オークションでふたりが競り合って高額な価格で落札された瞬間、作品の価格は作家の価値となり、一般的に周知されていくわけだから。

なんにせよ、人の才能やつくった作品にお金を張れる人というのは素晴らしい。アートにおけるお金というのは、それ自身を輝かせる〝スポットライト〟のようなもの。作家だけが文化をつくりだしているのではない。スポンサーやパトロン、ファンだって文化に貢献しているのだ。

もうひとつ、アートの価値という観点で素晴らしいと思っていることがある。お茶の世界で茶道具のよいものを持っている人は、「お預かりしている」という言葉をよく口にされる。自分が所有しているのではなく、「いまの時代は私が預かることを許された」という美意識。そうやって時代を経て、人から人へと作品を受け継いでいくことで、価値というのはいや増すのだろう。

僕は東北芸術工科大学の教授を経て、いまは京都芸術大学の副学長をしているのだが、芸術大学は「一％の天才と九十九％のニートをつくっている」と揶揄されることもある。しかし、仕事でもなんでもすべてをアートと捉えて考えると、クリエイティビティはもっと生まれるのではないだろうか。

例えば、道の案内板を各地方のアーティストがつくったら、実用性と芸術性の狭間で悩んだ末に、いいものが生まれるかもしれない。銭湯にある雄大な富士山の画だって、プロの銭湯絵師を存続させ、眺めるお客さんを癒すという、大きな価値を生み出している。

常々思うのは、作品の価値とはクリエイティブそのものだけでなく、「誰と出会うか」が重要だということ。そこで無名のアーティストたちがパトロンに出会うための仕組みを提案したい。

例えば、クリスティーズによる将来性の高い無名作家を発掘するチームがあって、ジェット機で世界を横断しながら、その作家の卵たちのアトリエを回るツアーを企画するなんてどうだろう？　ツアーの価格設定は一千万円くらい。そのツアーで出会い、

自分が買った無名作家の作品を自らの力で育て上げていく。

二〇一六年、ＺＯＺＯ創業者の前澤友作さんがバスキアの作品を約六十二億円という、バスキア史上最高値で落札して話題になったが、バスキアだってウォーホルが見つけなければアート界に存在し得なかった。〝未来のバスキア〟と巡り合うための代金が一千万円なら、決して高くないと思う。

助手席は譲れない

東京は交通網が発達しているから車なんて要らないといわれるけれど、僕は車が好きだ。毎週土曜日、パーソナリティを務めるラジオ番組の生放送には自分の車を運転して行くこともあるし、地方出張の際はレンタカーを借りて運転することが楽しみのひとつだったりもする。

人生で初めて購入した車はシトロエンだった。以降、そのときどきのライフスタイルに合わせて、スポーツカーからセダン、四駆まで十五台ほどを乗り継いでいる。

若いころはシトロエンのようにちょっと手のかかる車が好きだった。「クリエイターたるもの、メルセデス・ベンツに乗ったら終わりだ」という持論があって、つまり、完璧すぎる車ゆえに、乗ったら最後、自分が保守的になるのではないかと怖れていたのだ。

でもあるとき自動車評論家の方から「F1レーサーがプライベートで乗る車のほとんどはメルセデス・ベンツですよ」と言われ、Eクラスのステーションワゴンを買ってみたら、それはそれは素晴らしかった。

僕はひらめきやアイデアは自分の脳に蓄えられている知見と、五感から入ってくる新たな情報との化学反応だと思っている。車を運転していると、次から次へと新しい風景に出合ったり、シチュエーションを彩る曲が流れてきたりするので、その化学反応が起こりやすい。いわば「発想の空間」としても活躍するのが車の魅力だろう。

ところでモノに名前をつけると情が湧く、というのは本当だと思う。

僕は初代のシトロエンを「シトちゃん」と名付けて可愛がっていたのだが、そのシトちゃんが売られる日、ウインカーを点滅させて左に曲がるのを見送るのは、まるで出産から立ち会って一生懸命育てた仔牛が売られていくみたいな切なさと悲哀があった。当時付き合っていた彼女も隣で涙をこぼしていた。

こんな思い出もある。九州生まれで、雪の中をラグジュアリーに走ることに憧れた僕は、二十七歳でレンジローバーを購入（愛称は〝レンジくん〟）、七年ほど乗ってから

手放した。それから八年が過ぎたころだろうか、急にそのレンジローバーが愛しく思えた。まるで別れた女が恋しくなるみたいに。

そこで僕は「自分が以前乗っていたレンジローバーを探し出すまで」というラジオ番組のドキュメント企画を考え、番組で予告したのだが、思いがけず「実は私が買いました」というメールが来た。整備手帳に僕の名が記されていたのである。

その持ち主曰く、レンジローバーは一カ月前の雪の日のもらい事故でフロント部分がぐしゃぐしゃになったという。修理すれば走行可能だったが、走行距離はすでに十五万キロメートル超え。修理代も非常に高く、部品取り用の廃車としてヤフーオークションに出したところ、新潟の男性が十二万円で落札した。彼が男性の連絡先を教えてくれたので、その男性に電話すると、まだガレージにそのまま置いてあるという。僕は急いで新潟へと向かった。

再会したレンジローバーは、フロントガラスが割れ、無残な姿ではあったが、自分が貼ったステッカーはそのまま残っていて、まさに僕のレンジくんだった。

修理してもう一度乗りたいと思った僕は「十二万円で落札したとお聞きしましたが、二十万円で買い戻させていただけないでしょうか」と男性にお願いしたのだが、「イヤです」と断られてしまった。「小山さんの気持ちはよくわかります。でも僕もガンメタリックの一九九一年モデルの部品をずっと探していたんです」と。

そこで男性が提案してくれたのが、自分が欲しい部品だけを取って、残りはぜんぶ僕にタダで譲るというもの。なんていい人なんだろうと僕は感激した。だが欲しい部品を尋ねると、すかさず「助手席」という。男性が乗っているレンジローバーは右ハンドル、レンジくんは左ハンドルなので、ヘタレてボロボロになってしまった運転席と交換するために助手席が欲しいのだというのだ。

でも、その助手席は僕が二十代のときにいろんな女性を乗せた思い出のシート。むしろそのシートが恋しくて買い戻すところがあるわけで、それはどうしても譲れない。

というわけで僕は中古のレンジローバーを新たに一台購入、助手席含め欲しい部品を彼に渡し、レンジくんはそっくりそのまま返してもらって修理に出した。その時点でかかった費用は三百万円。それだけあれば、十分走る同型の中古車が買えるが、僕は思い出の車にこだわった。

ところがナンバー取得のためにジャガー・ランドローバー・ジャパンの工場に預けると、まだ不備があってこのままでは車検が通らないというではないか。しかも修理費用はあと三百万円はかかるらしい。

呆然とした僕はラジオ番組でそれまでのエピソードを話し、リスナーに追加の三百万円を出すべきか問うた。「思い出はお金で買えないから出すべきだ」という意見もあれば「直してもまた故障する。重荷になるからやめておいたほうがいい」という意見もあった。迷いに迷った末、僕は修理することに決めた。

合計六百万円かけて復活したレンジくんは、現在も京都の「下鴨茶寮」で活躍している。

魯山人の壺

最近、あらためて「和室」の魅力を実感するようになった。

京都に縁ができ、茶会や座敷での会食が多くなったのもあるが、ふとしたことで読んだ谷崎潤一郎の『陰翳礼讃《いんえいらいさん》』に衝撃を受けた。電灯がなく、自然の闇や室内の蠟燭《ろうそく》のほのかな灯を利用することで、建築や照明、食器や食べ物、能や歌舞伎の衣装に至るまで美意識が行き届いていた時代。それはつまり思想そのものでもあるのだ。

コンビニに象徴されるように、現代日本は隅から隅まで明るくはっきりと照らし出されているし、すべての価値が◯か×かで示されることが増えた。

でも、古《いにしえ》の日本には闇と光の間の濃淡があった。◯か×かではなく△の世界、曖昧さ、遠慮というものがあった。それをいま大事にしようと思うと、和室というものが欠かせないのではないか。

茶室などはその最たるもので、ただ正座をして花やお軸を愛《め》でたり、隣接する庭を眺めたりするだけでも、そういう大切な感性が鍛えられる気がする。

京都の新門前に「梶 古美術」という古美術商がある。

京都に暮らすようになってよかったなと思うのは、そういう店の主人と仲良くなれること。和の学校、目利きの学校みたいなもので、出されたお茶をいただきながら「この釉薬《ゆうやく》はここが特徴なんですよ」などと、さまざまな骨董品の見方を教えてもらえる。僕はまだ学びの途中なので、「いつか大きな買い物をします」と約束しつつ、まだ何も購入していなかった。

そんなある日のことだ。梶さんの店は魯山人《ろさんじん》の扱いが多いのだが、「見てみますか」と奥から魯山人の織部の壺を持ってきた。大きさは四十センチくらいで、「ロ」というサインもある。「魯山人作」と箱書きをしている番浦史郎は、魯山人の孫弟子なので、これは間違いなく本物だ（と素人は思ってしまう）。

梶さんは「釉薬の感じからすると魯山人だが、ちょっと疑わしい」と思ったそうだが、あえて購入したという。価格は破格の十八万円。そしてずっとそばに置き、眺め

て眺めて眺め尽くして至った結論は、「これは偽物だと思う」だった。「だからこの壺は魯山人として店で売るわけにはいかない」と言うので、「だったら僕に譲ってくれませんか」と尋ねた。たとえ偽物だとしても、エピソードとして語るだけで抜群におもしろい、と思ったからだ。

梶さんが快く了承してくれたので、いくらで譲ってくれるか重ねて尋ねると、「私は十八万円で仕入れたから、小山さんには七万円で譲ります」という。この壺には勉強させてもらった。その勉強代を引いた差額の七万円なのだと。

もし僕が梶さんだったら、偽物だと思っても安くは売らないだろう。せめて買った値段で売ると思う。それを「勉強代」といって懐を痛める姿勢、学びを身体に刷り込む姿勢に、僕はあらためて心を打たれた。そういう姿勢こそが、ものを見る目を養うということなのだろう。

数日後、僕が主人を務める「下鴨茶寮」にその壺が届いた。荷札の「魯山人織部壺」に驚いた経理担当者が電話をしてきて個人で買ったかを確認し（当然です）、続けて値段を尋ねるので、「七」と答えたら「七百万ですか！ ひえー！」と卒倒しかけた。

社員との忘年会でも値段を当てさせたのだが、裏をかいていちばん安く答えた人でも三十万円だった。僕は梶さんの教えに対して七万円の授業料を払ったつもりなので、この壺を誰かに受け継ぐときにはタダで譲りたい……と言いたいところなのだが、まだ僕にはそんな器量はない。

二万円の「マイ箸」

「漆」との初めての邂逅《かいこう》は、「箸」だった。

東京・中央区佃に「漆芸中島」という店がある。徳川吉宗の時代に創業したというから、かれこれ三百年ほど続いている老舗だ。江戸漆塗りの技を受け継ぐ十一代目の店主・中島泰英さんはちゃきちゃきの江戸っ子のおじいちゃんで、僕は偶然店の前を通りかかり、話しかけて仲良くなった。

中島さんは店頭で箸を売っているのだが、その売り方がおもしろい。滑り止めのついた安い箸と、ご自分が制作した江戸八角箸の二膳を置き、お客さんに一センチ角のこんにゃくをつまませるのである。安い箸ではつまめないが、江戸八角箸だと気持ちよいくらいぴたりとつまめる。価格は、桜、本紫檀、縞黒檀、紅本紫檀、青黒檀と素材によって二千円台から二万円台後半まであるのだが、見ているうちに「せっかくだ

し……」とそれなりに高い一膳が欲しくなるから不思議である。

この店の箸が素晴らしいのはそれだけではない。色が剝げたり、欠けたり曲がってしまったら、無料でメンテナンスをしてくれるのだ。十年、二十年と（修理しながら）長く使えるのなら、二万円のマイ箸は逆に安いのではないだろうか。それに、日々手にする・口にするものが最上級の品だと、それだけで幸せな気持ちになれると思う。

僕は何人もの友人・知人にこの店を紹介したが、みな喜んで購入していた。プレゼントにも最適なので、ご興味ある方はいますぐどうぞ。

箸の次は、金沢の「能作《のさく》」という店で名入りのカゴとお盆を特注。少しずつ〝漆器のある生活〟に近づいてきたわけだが、二〇一三年のある漆椀《わん》との出合いは大きかった。黒の漆椀に赤い漆の丸がふたつ施された、つまりくまモンの顔をモチーフにつくられた「椀だふるくまモン」という作品だ。

監修は、漆芸家であり重要無形文化財保持者（人間国宝）の室瀬和美さんで、制作は室瀬さんの息子である智弥さんが代表を務める目白漆芸文化財研究所が行っている（現在も熊本県伝統工芸館で販売中）。

二〇一五年九月、僕は知人を介して室瀬和美さんに出演交渉し、企画・監修をしていたBS朝日「アーツ＆クラフツ商會」（二〇一四年十一月〜二〇一七年三月放送）にご登場いただいた。前後してパーソナリティを務めるラジオにも出演してもらったが、室瀬さんのお話はとても興味深いものだった。

室瀬さんによれば、本来ご飯を食べる器は「飯茶椀」――部首が「木」の椀、いわゆる塗り物だった。夏目漱石の『吾輩は猫である』にも「『今夜は是でやめやう』と飯茶椀を出す」という一節がある。しかし、国産の磁器が庶民の暮らしに浸透するようになって、「飯茶碗」――部首が「石」の碗になってしまったのだそうだ。

室瀬さんは「瀬戸物の戦略がうまかった」と苦笑いをされていたが、一方で「漆器は熱伝導率が低い上、漆が適度に水分を吸うので、最後の一粒までご飯を温かく美味しく食べられる」「傷つきやすくて扱いにくいと誤解をしている人が多いが、漆は堅牢度が高くて丈夫だし、水かお湯でほとんどの汚れを落とすことができる」と主張されていた。

そんな室瀬さん、二〇一二年に行った講演会の終了後に、ある男性に声をかけられ

たという。三浦雄一郎さんの息子・雄大《ゆうた》さんだ。聞けば雄一郎さんが翌年八十歳で三度目のエベレストに再登頂するとのこと。山頂付近は日没後マイナス四十度前後になるため、アルマイトの食器だとすぐに冷めてしまう。室瀬さんは雄大さんの「登山中、できるだけ温かい食事をしてほしい」という願いを叶えるため、登山隊全員の分のお椀をつくった。その名も、「ちょもらんま椀（命名：三浦雄一郎）」！

帰国後の雄一郎さんに感想を尋ねたところ、温かいご飯と味噌汁にありつけたこと、使用後は雪で洗えばオーケーという簡便さもさることながら、「食器が漆器になっただけで、山の食事が非常に豊かになった」との言葉をいただいたそうだ。

雑誌『Ｐｅｎ』で連載していた「人間国宝の肖像」の第一回は、室瀬さんにご登場願ったのだが、その際にこの貴重なちょもらんま椀を分けていただいた。炊きたてのご飯をよそって食べたのだけど、お米がしっとり艶やかで、「白米だけでいい！　おかずはいらない！」という感じ。使っているだけで凛とした気持ちになるし、使用後は丁寧に扱おうという意識が自然と湧いてくる。

よい品を日常的に使うというのは、生き方が変わってしまうくらいの作用があるんだなと、あらためて感じたのだった。

つくる

十カ月で閉店したアパレルショップ

「薫堂」という名は、父がつけてくれた本名である。

父は男の子が生まれたら、祖母の名「芳子《よしこ》」と母の名「孝子」から一音ずつとって、「よしたか」という名前をつけたいと思っていた。それで、いろいろと合う漢字を探した結果、「薫堂」になった。

当時は戸籍にふりがなを振らなくてもよかったらしく、「くんどう」と呼ぶ人もいるし、「よしたか」と呼ぶ人もいた。しかし保育園に入るときに混乱のもとになるからどちらかに決めてほしいと言われた。「『よしたか』と『くんどう』、どっちがよかね？」。父に訊かれた僕は「『くんどう』がいい」と答えたという。

僕の父は変わっているというか、自由な人だった。父親としての権威とかそういうものはまったくなく、友達のように育てられたという印象がある。

叱られた記憶も一回だけ。小学校低学年のころだ。年下の男の子に「お前、小遣いもらったろ？　アイスクリームば買わんね。買わんば泣くことになるぞ」と言った。それでアイスを買ってもらって家に帰ったら、見たことがないほど父が激怒しており、「そういうのは恐喝って言うとぞ！」と叱られて、蔵に入れられた記憶がある。

そんな父の教育方針はひとつだけ。松下幸之助さんの「やってみなはれ」ではないが、「やらずに後悔するより、やって後悔したほうがいい」だった。「失敗してもいいじゃないか。まずやってみなさい」と。思えば自分の子を「小さな大人」みたいに扱う人だった。

今回はその教えを忠実に守ったお話。

大学入学後、僕はなにか書く仕事に携わりたいなと思っていた。そのころのぼんやりとした将来の夢は、詩人かコピーライターだった。

そんなとき、引退する先輩から引き継ぐ形で、文化放送というラジオ局でアシスタント・ディレクター（ＡＤ）のアルバイトを始めた。担当したのは「吉田照美のてるてるワイド」という番組。仕事は番組の生放送を手伝ったり、届いたハガキを整理し

たり、資料をコピーしたり、出前を頼んだりなど。いわゆる雑用係だ。

そこで、僕は師匠と言うべきふたりと出会う。

ひとりは、当時吉田照美さんのラジオ番組だけでなく、三宅裕司さんのテレビ番組も担当していた放送作家の長谷川勝士《かつし》さん。出会ってまもなく、長谷川さんは三宅さんとのニューヨーク取材に誘ってくれた。交通費は自腹だったけれど、海外は初めてだったので、ここぞとばかりにバイト代をつぎ込んだ。

帰国後、三宅さんの番組の打ち上げにもぐりこんだときのことだ。番組プロデューサーから「君は誰？」と訊かれ、しどろもどろになっていると、長谷川さんが「放送作家なんです。今度、三宅さんの番組を書かせようと思っています」と助け舟を出してくれたのである。それで「あ、僕は放送作家になるのかな」と漠然と思った。台本の書き方すらわかっていなかったのに。

でも、実際に長谷川さんが当時担当されていたテレビ番組の「11ＰＭ」に誘われ、いくつか企画を考えたのち、構成作家デビューを果たすことになった。

もうひとりは、林安二さんという当時の文化放送のプロデューサーだ。

林さんはアルバイトの身である僕に、ある日突然、「君、なんか好きなこと書いてみれば？　ギャラ払ってあげるから」と言ってくれた人である。

そこで僕はエッセイや、ちょっとしたショートストーリー、マンガっぽい作品を書いて、せっせと提出した。ギャラは一本三千円で、毎週一回、月に一万二千円をいただいていた。

そんな日が一年ほど続いたころ、林さんがまた突然言った。

「三千くらいは稼げるんじゃないの？」

「え？　三千って何ですか？」

「三千万円。いま、秋元康という若手の放送作家がいるんだけど、あいつも三千から四千ぐらい稼いでいると思う。君もいけるような気がするよ」

この言葉には正直驚いたが、頑張ってみようと背中を押されたのは間違いない。

「11ＰＭ」で最初に書いた企画は「バカ息子のコンテスト」。一緒につるんでいた資産家の息子たち四人に出演してもらって話を聞くという内容だ。「小遣いはいくら？」「月百万円」「乗っている車種は？」「フェラーリ」というような平然とした受け答え

が視聴者を驚かせたと思う。

その「11ＰＭ」のＣＭ中に照美さんと雑談をしていたときのこと。「ふたりでお金儲けしたいね」と、なぜか盛り上がったのである。

照美さんは当時「夕やけニャンニャン」というテレビ番組にも出演されていた。そこで、おニャン子クラブやとんねるずとともにセーラーズとパーソンズの洋服を着用したら、ものすごく流行って、カリスマブランドへと成長していったという。

「だったら、人のブランドの服を着るのではなく、照美さん自らブランドをつくり、それを着たら売れますよね」という話になり、いろんなアーティストの方にバナナの絵を描いてもらって、それをＴシャツにして販売するという企画を考えた。

僕はまず、ファンだった安西水丸さんのところに行って交渉し、バナナの絵を描いてもらった。

そのころ、クリームソーダ、ピンクドラゴンと、フィフティーズ・ファッションのアパレルを大成功させた山崎眞行さんというカリスマがいた。原宿「キャットストリート」の名付け親でもあり、『原宿ゴールドラッシュ』という本のモデルにもなった人だ。「11ＰＭ」で山崎さんを特集したことをきっかけに仲良くなったのだが、自分

の企画について相談すると、「発信するなら竹下通りだ」というアドバイスをくださった。

それで「セーラーズを超える！」を合言葉に、照美さんと共同でアパレルショップ「バナナトリップ」を原宿の竹下通りにオープン。僕は大学四年生になったばかりだった。

ところが、だ。開店当初こそ盛況だったけれど、一カ月後には閑古鳥。僕は店長兼商品企画部長という立場（名刺はチーフコーディネーター）だったのだが、二階にある店の窓から路上の人波を見つめながら、「なぜあんなに人がたくさん歩いているのに、うちの店には人が入ってこないんだろう」と呆然としていた。

そのうち売り上げゼロという日も出始めた。しまいにはひとりのお客さんも来ない日まで出てきて、十カ月でやむなく閉店という憂き目に……。

敗因は、中途半端な商売だったことだろう。ありもののTシャツにプリントしただけの商品で「照美さんが着てテレビに出れば売れるだろう」と安易に思っていた。若いというか浅はかというか、何でもいいから露出させることに価値がある、としか考

えていなかったのである。

振り返ればブランドをつくる直前、長谷川さんの誘いでニューヨークに行ったとき、ニューヨークに住んでいた叔母（父の妹）に会って相談したのだった。「バナナトリップという名前、どう思う？」と。

すると叔母がひと言、「トリップというのは、躓《つまず》くとかコケるという意味もあるから、縁起悪いわよ」と言った。そのときは「大丈夫、バナナはすべるものだから」と言ってやりすごしたのだが、叔母の見立ては見事に当たってしまったわけだ。

さらに十年後、実家に帰省した際に大量在庫となったＴシャツの包装袋で親がゴミ出しをしているのを見たときは、なんと罪深いことをしてしまったのだろうと猛省した。

とはいえ、これがもし中途半端に成功して味をしめていたら、事業を拡大して、そのあと大きな負債を抱えてしまったかもしれない。その手前で気づかせてもらえたのはラッキーだった。「自分に向いていないことをやる必要はない」と神様に教えてもらったようなものだ。

他人から見たらこれはもう大失敗の部類だろう。しかし、自分ではさして失敗だとは思っていないのは、父の「やらずに後悔するより、やって後悔したほうがいい」という教えがあり、同じく父の口癖「人は知らず知らずのうちに最良の人生を選択しながら生きている」が自分にも染み込んでいるからである。

失敗というのは、他人が決める「表面的」なもの。何か目標に到達しなかったときに、「あいつは失敗した」と揶揄するのが典型的な例だ。

だが、本質的な失敗というのは、他人ではなく自分が決めるものだと思う。自分がそれを失敗だと認めないかぎり、失敗ではない。目標に到達できなくて絶望することもあるだろう。でも、とにかく前に進む。これと決めたことを貪欲にやり続ける。続けることさえやめなければ、きっと何かは得られる。

バナナトリップとは後年、意外なところで〝再会〟した。

山形県の東北芸術工科大学の企画構想学科で学生を教えていたとき、研修旅行で学生全員がバナナトリップのＴシャツを着ていたのである——僕に対する誕生日サプライズの一環で。懐かしさと苦笑いがこみあげたが、あれはなかなかのセンスだった。

ミラノで日本酒

六十歳で飽くなき夢に挑んだ人がいる。

山形県で三十五年続くカレー専門店「番紅花《ばんこうか》」を経営しているオーナーシェフの山川恒一さん。一九九〇年に国税庁醸造試験所（現「独立行政法人酒類総合研究所」）での全国新酒鑑評会公開きき酒会に参加、吟醸酒の美味しさに目覚め、以来全国の酒蔵をめぐって好きな酒を集めている〝日本酒マニア〟である。おかげで店はカレー屋でありながら、「山形でも有数の銘酒が飲める店」へと変貌した。

僕は二〇〇九年四月に東北芸術工科大学の教授兼学科長に就任し、山形に月一回通うようになり、ある日たまたまこの店に入った。カレー屋で日本酒？　といぶかりながらも「何か美味しいお酒ありますか？」と尋ねると、返ってきた第一声は「何合、飲みます？」だった。飲める量を訊いて、出す順番を考えるのだという。僕らは一晩

ですっかり意気投合した。

さて、その「夢」の話である。山川さんは「還暦を迎えたら理想の酒をプライベートで造る」と決めていた。ひと樽七百万〜八百万円するが、それで一千本くらい造ることができる。「雪姫」という名で商標も取得、あとは適した酒蔵を探すだけということで、「東北泉」という酒を造っている高橋酒造店に依頼した。

しかしその後、はたと気がついた。「十数席しかない自分の店で、どうやって一千本もの酒をさばくのか⁉」と。

普通なら依頼前に気がつくのかもしれないが、長年温めつづけた夢は山川さんのなかで果てしなく大きく育ってしまったに違いない。助けを求められた僕は、喜んでこのプライベートの日本酒造りに一枚噛むことにした。

僕たちは「酒蔵を毎年変えるのはどうだろう」という話で盛り上がり、「天狗舞」で有名な石川県の車多《しゃた》酒造に相談した。天狗舞は能登杜氏四天王のひとり、中《なか》三郎さんが手がけている酒だが、その中さんが山川さんの情熱に心打たれて、引き受けてくれた。

ただし、天狗舞は山廃仕込みのガツンとくる男っぽい酒で、雪姫という名とはイメージが真逆だ。そこで、今年雪姫にふさわしいのは富山県の桝田酒造店が造る「満寿《ます》泉《いずみ》」のプラチナ！　とダメもとであたったところ、「車多酒造さんがお引き受けするなら……」と奇跡の快諾。こうして車多酒造の男酒「六三四《むさし》」、桝田酒造店の女酒「雪姫」という対のブランドが完成した。

同年、幸運にも二本の酒を海外でアピールできるチャンスに恵まれた。

ミラノ国際博覧会の会期中に約一週間、「ＳＵＳＨＩＴＲＡＭ」と名付けられたトラム（路面電車）がミラノ市内を走った。これは寿司と日の丸のモチーフでラッピングしたトラムの車内で握り寿司と日本酒を楽しめるというイベントで、僕の企画はそのうち二日間だけだったが、おかげさまで満員御礼、雪姫と六三四も好評を博した。

閑話休題。

せっかくミラノまで来たのだからと僕は二本の酒を持ってレストランをいくつか回ることにした。そのうちの一軒が、徳吉洋二さんがオーナーシェフをされているイタリアンレストラン「ＴＯＫＵＹＯＳＨＩ」だ。徳吉さんもとても気に入って、「ミラ

ノでは日本酒はまだまだ理解されていないので、頑張って売ります！」と約束してくれた。

その店が二〇一五年末にミシュランで一つ星になったと聞きつけ、「おめでとうございます」とメールを送ったら、衝撃的な返信があった。

徳吉さんの母方の祖父母は料亭を経営していたのだが、博打打ちの祖父が破産して、泣く泣く手放すことになってしまった。その料亭を自宅として購入したのが、なんと僕の祖父だったというのだ。なんという偶然だろうか。

祖父は確かに一九四五（昭和二十）年、つまり終戦の年に疎開先の朝鮮半島から故郷の天草に戻り、有り金をはたいて料亭を買っている。メールには「祖父はＯといいます」とあったので、父に確認のため電話をして、「あの家、なんていう人から買ったの？」と尋ねたら「Ｏさん」との返事が。うむ、間違いない。

その話を社員にすると、「小山家は料亭を買うのが好きなんですね」とおもしろがられた。確かに僕は創業一五〇余年の老舗料亭「下鴨茶寮」を、縁あって引き継いでいる。なるほど、小山家のＤＮＡだったのか、とひとり納得した。

閑話休題その二。

二〇一八年五月、北海道の新富良野プリンスホテル敷地内に、脚本家・倉本聰さんが監修したレストラン「ル・ゴロワ フラノ」がオープンした。

シェフの大塚健一さんとマダムの大塚敬子さんは、もともと東京・神宮前で北海道食材にこだわったフレンチ「ル・ゴロワ」を営んでいた。「北海道に移住し、さらなる理想を追求した店を開きたい」というのがふたりの積年の夢であり、常連客のひとりだった倉本さんが相談にのってくれたのだという。僕も二十年間、足繁く通った客のひとりとして、その夢がいよいよ実現することを楽しみにしていた。

倉本さんが中心となり、新富良野プリンスホテルのゴルフ場を森に還す事業を始めたのは十二年前。「ル・ゴロワ フラノ」はその森の中にあり、店舗デザインやロゴデザインも倉本さんの手による。

だが、倉本さんの監修はそれだけではなかった。

「フレンチよりイタリアンがいいんじゃないか?」と大塚さんに助言したのである。

三十年以上フレンチシェフとして生きてきた大塚さんにとって、倉本さんのその言葉は青天の霹靂《へきれき》だったに違いない。

「北海道の食材そのものの魅力を打ち出すのは、ソース文化のフレンチより、イタリアンのほうがよかろう」と、旅費を渡された大塚さんは、イタリアへ修業に。帰国して試行錯誤するも、なかなかメニューは定まらない。

「先生、これは無理です」と言うと、倉本さんは「君はいまいくつだね？」と尋ねたという。「五十七歳です」と答えた大塚さんに返ってきた言葉は、

「そんな若いのに、泣き言を言っちゃいけない」。


ミラノに話を戻そう。今回の日本酒海外アピールを経験して感じたことがある。日本酒を広めるには、外国人にわかりやすいブランドをつくるのがいちばんだということ。日本酒入門編というか、興味を持つきっかけになる酒を造ったほうが早いということだ。

実際、車多酒造さんも桝田酒造店さんもそれぞれ天狗舞、満寿泉を海外に持参してアピールしたそうだが、なかなか理解されなかったという。だから今回の雪姫と六三四がミラノの人々に受け入れられたことを喜んでくれたし、入門編のブランドをつくるというアイデアは確かに効果的だと納得していた。

　そこで、次なるテーマは日本の旅館をどう海外に理解してもらうか、である。ルレ・エ・シャトーのメンバーとなっている高級旅館、例えば伊豆・修善寺の「あさば」や、箱根の「強羅花壇《ごうらかだん》」、山代温泉の「べにや無何有《むかゆう》」などは一部の裕福な外国人によく知られているけれど、もう少し中級の旅館を再生するきっかけとして、インバウンドのお客さんを誘致できるような何かをつくれないだろうか。例えば、一泊五千円程度で宿泊できる、オーベルジュと民宿の間くらいの旅館を、日本ではなく、あえて海外に建てるというアイデアはどうだろう。

　これはぜひ、高級宿泊・飲食予約サイト「一休」の創業者である森正文さんにご提案したい。ヤフー！による買収によって、一説によると四百億円が森さんの懐に入ったというから、その半分の二百億円を、日本の宿泊業にお返しするというのは素敵なことではないだろうか。

　森さんが旅館再生ファンドを立ち上げて、「旅館フジヤマ」でも「一休旅館」でもいいが、そのブランドを無償で貸与し、金利を極力安くしてお金を貸し、旅館界の天使となってくれたらと願う。そうして世界にいくつか建てられた一休旅館に親しんだ

外国人が「本場に行こう！」と訪日してくれたら、地方も活気づくに違いない。
「RYOKAN」という英単語が生まれる日は近い。

寒い日の焚き火のように

「タワシタ」というタイトルの短篇を書いたことがある（講談社文庫『フィルム』に収録）。

環七沿いのバーが営業不振に陥り、店主が都内に引っ越そうと考える。店を行きつけにしていたグラフィックデザイナーの主人公は、東京タワーの下《ふもと》に元・自動車修理工場という店舗物件を見つけて店主に紹介、かつ店主に頼まれてオーナーにもなるという物語。説明不要かもしれないけれど、東京タワーの下にあるからバーの名前は「タワシタ」とした。

実はこれは半分くらい本当の話だ。十七年ほど前に僕は、東京タワーの下にある自動車修理工場を改装して「ＺＯＲＲＯ」というバーをつくった。バーの名をタワシタ

にできなかったのは、いまは亡きグラフィックデザイナーの長友啓典《けいすけ》さんのせいである。店名のロゴをお願いすると、快く引き受けてくれたのだが、「タワシタは厭《いや》や。ゾロがええなあ」と言う。「ゾロって何ですか？」「怪傑ゾロのゾロや」「何か意味があるんですか？」「意味はないけど、Ｚで始まるのがいいんや」と、タワシタはあえなく却下された。

しかし翌年、「ＺＯＲＲＯ」の上階が空き店舗となったタイミングで、会社経営者の友人がアザブハウス元店長を連れてきて「ふたりで店をやろうと思うんだけど、手伝ってくれない？」と言うではないか。

かくして僕たち三人は共同オーナーとなり、ビストロ「タワシタ」をオープンした。長友さんはこのときも「前はＺで始まったから、次はＡがええなあ」と言ったのだが、「いや、今回はタワシタ以外は受け付けません！」と頑張りとおした（ちなみに「ＺＯＲＲＯ」は改装を経て、現在は「月下《げっか》」と店名を改め、「タワシタ」とともに絶賛営業中）。

前置きが長くなったが、僕がバーのオーナーを引き受けたのは、正直言うと成り行きだった。しかし、引き受けるからには僕なりの楽しみというか、アイデアがあった。

そのバーを、人や文化が集まり、互いに刺激しあって、新たに発信していく場所にしたいと考えたのだ。

おかげさまでいろんな職種のおもしろい人が集まって、互いに仕事相手になったり、かけがえのない友人同士になったり、豊かな文化交流がもたらされた。

なかでもちょっと自慢なのが、バーの壁面を担当した飛騨高山の左官職人、挾《はさ》土《ど》秀平さんのことである。

その見事な壁を気に入った方はとても多く、はからずも〝挾土秀平のショールーム〟的な役割を果たしたようで、その後、彼はザ・ペニンシュラ東京のロビーエントランス、北海道洞爺湖サミット会場のゼロエミッションハウス、羽田空港国際線ファーストクラスラウンジ、ＮＨＫ大河ドラマ『真田丸』の題字など、素晴らしい仕事を手がけた。人と人との縁を取り持つ場所、それがこのバーのいちばんの存在価値なのである。

このように、場所というメディアには力がある。魅力的な場所をつくれば、魅力的な人がそこに集まり、メディアとして高い価値を生み出す。「六人を介せば会いたい

人に会える」とよく言われるけれど、それと同じように、ひとつの場所に強烈なファンを十人つくることができれば、おもしろくてユニークな企画やアイデアが自然と生まれるのだ。昔で言うところの「サロン」である。

僕がプロデュースしたフレンチレストラン「ＳＵＧＡＬＡＢＯ」も、縁あって経営を引き継いだ京都の老舗料亭「下鴨茶寮」も、僕にとってはそんなサロン的な役割が強い。

前者は、流行りの隠れ家レストランをつくるのではなく、才能ある料理人・須賀洋介とともに〝価値を生み出す食の研究所〟をつくろうと考えた。カウンター七席、テーブル八席、計十五席だけの小さなレストランだが、月に三日間、スタッフ全員で地方を巡り、よい食材を発掘して新しいメニューを開発したり、日本料理「菊乃井」主人・村田吉弘さんや中国料理「Ｗａｋｉｙａ一《いち》笑《え》美《み》茶《ちや》樓《ろう》」のシェフ脇《わき》屋《や》友《ゆう》詞《じ》さんなど著名な料理人を月に一回ゲストシェフとして招き、須賀君とふたりで一皿ずつつくりあげるコラボレーション食事会を開催したりして、食の可能性を発信するメディアになることを心がけている。

後者では、まさにサロン的な場となるよう、「下鴨文化茶論《サロン》」を不定期で開催。書道家の武田双雲さんによるワークショップ、桂九雀さんなど上方落語家たちによる一夜限りの寄席、世界的パティシエ小山進さんによるショコラの試食とトークショーなどを行ってきた。

魅力的なサロンをつくるのに「飲食」は欠かせない。飲食は、寒い日の焚き火のように、たくさんの人を集められるし、幸せな気持ちにさせる。これほど強力な引きのあるものはちょっと他に思いつかない。

同時に、魅力的なサロンというのは、ビジネスだけではなかなか成立しない。僕のバーも実は経営的にはとんとん。むしろ趣味の範疇にあるからこそ、十五年経ったいまもその場所から何かが少しずつ生まれつづけているのではないだろうか。

それがバー、レストラン、料亭と、ひととおり飲食の場に携わってきた僕の率直な感想である。

入るのが難しい学生寮

僕は現在、京都芸術大学の副学長に就任し、社会連携推進担当として産官学連携などを担っている。言葉どおり、学生と社会をつなぐことがミッションだ。

その契機となったのは、二〇〇七年のこと。京都芸大の姉妹校である山形・東北芸術工科大学の副学長だった現代美術家の宮島達男さんが会いにこられて、「教育に興味はありませんか？」と訊かれた。四十歳を過ぎ、偶然にも「そろそろ自分の得たものを若者たちに受け継がないといけないのでは……」という思いに駆られていた僕は、「好きな学科をつくっていい」という言葉に大きく心を動かされた。

それで、「企画」を教える学科をつくろうと決心した。世の中のあらゆる事象は「企画」から動き始める。これからの時代はコンテンツの根幹部分を生み出すことが大切だし、企画力があればあらゆる業界で通用する。そんなわけで、二〇〇九年四月、

東北芸術工科大学に企画構想学科が設立された。始めたころは「そんな学科に価値あるの？」と冷ややかに見られていたきらいもあったが、五期生を送り出すころには就職率は一〇〇％に。行き先も博報堂、全日空、ＪＩＮＳなど一流企業が増えた。ようやく企画の力が世間でも認められてきたのではないだろうか。

起業を果たした卒業生もいる。二期生で僕のゼミに所属し、卒業後に「オレンジ・アンド・パートナーズ」に入社した、松田崇弥《たかや》だ。

彼には四歳年上の自閉症の兄がおり、幼いころから「障害者」に対する自分と社会の認識のズレを感じていたらしい。社会人になって二年目、岩手県花巻市の「るんびにい美術館」で知的障害のあるアーティストの作品に触れて衝撃を受け、双子の兄・文登《ふみと》さんとふたりで障害のあるアーティストの作品を傘やネクタイなどへ商品化するブランド「ＭＵＫＵ」を立ち上げた。

そして、ＭＵＫＵでの一年の活動をきっかけに、二〇一八年六月にオレンジを退社し、翌月、福祉実験ユニット「ヘラルボニー」を創業。翌年には『Ｆｏｒｂｅｓ Ｊ

APAN』主催、日本を代表するビジョンや才能を持った三十歳未満の三十人を表彰する「30 UNDER 30 JAPAN 2019」のソーシャルアントレプレナー部門にも選出された。これは本当に嬉しい出来事だった。

よく「企画を発想する力はどのように育めばいいのですか？」と質問されるのだが、発想というのは癖に近いかもしれない。考える癖、おもしろがる癖、つい発見しちゃう癖をつけるということだ。

一日走っただけでマラソン競技には出られない。鍛錬を日々繰り返した人だけが、出場できる体力と身体能力を持つ。企画も同じで、日々何を考えどう行動するかを重ねることによって、その人自身が企画力のある人になっていく。いわば癖や習慣になるまで体質改善をしないといけないのだ。

突き詰めていくと、「企画」とは誕生日プレゼントのようなもの。何を贈ってどう喜ばせられるか——つまり、どれだけ人を楽しませてあげられるか、幸せにしてあげられるかに尽きる。

僕はよく学生にこう言う。

「企画とはサービスである。サービスとは思いやりである」

伊豆・修善寺の「あさば」という温泉宿に泊まったときのことだ。日本旅館なので、部屋には床に座って用いる文机しかなかった。そこで「書き物をしたいのですが、デスクなんてないですよね」とダメもとで尋ねてみた。

すると、「ございます」ということで、畳の上に布を敷き、その上にデスクを設置し、ライトスタンドまで準備してくれた。さらに僕が感動したのは、広辞苑が置いてあったことだ。

相手が必要としているものの一歩先を想像する。そういう思いやりの感覚を養うことで、確実に企画力は鍛えられると思う。

しかしながら、教える立場になってあらためて実感したのだが、企画は、学ぶことはできても、教えることは難しい。老子の思想の根幹を成す「道」に近い。企画はこういうものだ、と教えた瞬間に、発展性は消滅してしまう。では、どうやって教えればよいのか。「一緒に暮らすしかない」というのが、僕の出した答えである。

つまり、学生寮をつくるのだ。

学生時代において大切なのは、誰と付き合い、どんな時間を過ごすかだ。どの先生に学ぶかよりも、ずっと意味深い。

以前、ある不動産屋さんから「一棟空きビルがあるのだが、普通に賃貸マンションにするのではなく、何かおもしろい使い方はないだろうか」と相談され、慶應義塾大学の近くだったので、「慶應義塾大学に入学するよりも入るのが難しい学生寮」という企画を提案したことがある。寮の名は「クロスセブン」。七人の理事が学生のために、魅力的な大人たちを連れてきて交流させる場にしたいと思い、七人の人選も考えた。

だが、直後にリーマン・ショックが起き、残念ながら企画は流れてしまった。

だからここであらためて「一流大学に入学するよりも入るのが難しい学生寮」を提案したい。寮生は厳しい試験にパスした五十人限定。一階にカフェ、地下にはホール、最上階には露天風呂付き温泉などが設備された寮で大学四年間を過ごす。カフェではアルバイトができ、週に一度はホールで、大学では出会えない大切なことを教えてくれるユニークな大人との交流会がある。人間力とセンスの英才教育をほどこす寮なのだ。

寮費は無料で、企業がそれを支払う。五十社でひとりの四年間を賄ってもいいし、五社で十人を賄ってもいい。とにかく、優秀で可能性のある五十人の寮生を四年間ウォッチし、それがすなわち就職試験になるという寸法だ。

費用は単純にひとり三十万円として、五十人で月額一五〇〇万円、一年で一億八〇〇〇万円。五十人の若者との関係を徹底的に築き上げ、自社の商品開発やリサーチに参加してもらったり、未来の人材確保になったりすると考えれば、意外と投資メリットはあるのではないだろうか。

僕がこういう考えに至ったのには、ふたつ理由がある。

ひとつは僕自身が高校時代に全寮制の学校に通っていたこと。

一年生のときは縦割りで、一部屋に三年生三人、二年生三人、一年生四人が暮らしていた。一年坊主は実にこき使われる。同部屋の先輩のために買い出しに行ったり、寮監に見つからないようにラーメンの出前を頼まれたり。当然タバコや酒といった悪いことも教わるし、いまの親なら裁判を起こしかねないしごきもあった。

でも、同学年の仲間たちとその理不尽さに文句を垂れながら、仲良くワイワイと過

つつまし酒

あのころ、
父と食べた
「銀将」のラーメン

パリッコ

四六判ソフトカバー●1,650円

「酒を生活の中心とする知恵が満載。断然おすすめです。」太田和彦氏・推薦!

光文社新書の公式noteでの連載をまとめた「つつまし酒」シリーズ待望の第二弾!「お酒」への逆風が吹くコロナ禍中に続けられた連載にあって、主に自宅やベランダを舞台に、シチュエーションやグッズ、お酒やつまみにこだわったり……と、気鋭の酒場ライター・パリッコがお酒をより貪欲に楽しむため、果敢に奮闘。酒場には自由に行けないけれど、日常に彩りをくれる「お酒にまつわる、自分だけの、つつましくも幸せな時間」について綴った"ほろ酔い"エッセイ集です。

アジアのある場所

下川裕治

B6変型ソフトカバー●1,430円

旅に出られない今、本を通してアジアの温かさ、居心地のよさを思い出してみませんか?

スパイスの香り、市場の喧騒、ゆったりと流れる時間……辺境滞在・国境越え・過酷な長距離鉄道制覇など、長年にわたり旅を共にしてきた相棒カメラマンによる現地写真も多数収録。リトルバンコクは忽然と消えた(荒川沖)/ミャンマー人の寿司屋に救われる日本人たち(浅草)/台湾の独立運動を支えたターローメン(池袋)/東京で出合う中央アジアのパン(中野)など。中国式揚げパン「油條」、タイの竹餅「カオラム」、シャン風揚げ豆腐「トーフジョー」など、家庭で楽しめるレシピコラムつき。

お問い合わせ:光文社ノンフィクション編集部 tel.03-5395-8172　non@kobunsha.com
商品が店頭にない場合は、書店にご注文ください。　※表示価格は税込価格です。

ごす日々は、まぎれもなくいい時間だったし、大切なことをたくさん学んだ。絆、人として守らなければいけないこと（掃除をきっちりやるとか）、人が必死で何かを学ぶ姿を見て知る自分の限界……。他者を見て我が身を振り返ることのできる寮生活は、僕の後年の生き方にとても影響していると思う。

もうひとつは、東北芸術工科大学の企画構想学科を卒業した学生のうち、これまで十人ほどを自分の会社に採用したこと。四年間自らの目で彼らを見てきたので、面接の必要がなかった。書類選考、数度の面接などを行うよりも、学生の四年間の暮らしに触れるほうが、自分の会社のカルチャーに合うか合わないかがよくわかる。いわば、先に提案した五十人選抜の学生寮は、贅沢だけど「確実な面接」なのだ。

十八〜二十二歳までの多感な時期に、おもしろい大人、影響力のある大人と出会えるのは幸福なことだ。「未来をつくるのは若者たち」というけれど、実際に未来をつくるのは「その若者たちに接する大人たち」である。彼らに何を気づかせ、どんな環境をつくってあげられるか、大人には責任があると僕は思う。

ちなみに僕の理想的な老後は、〝下宿屋のオヤジ〟である。

例えば入居者の半分は高齢者、半分は若者の住む、その名も「グランドジェネレーションシェアハウス（GGSH）」の管理人をやりたい。

高齢者はパトロンとして若者の家賃を負担し、知識や知恵や人脈を与え、若者はその対価として、高齢者に夢や希望を与える。そこから一流の俳優やミュージシャン、シェフなどを輩出できたら、母校の後輩がスターになったような格別の嬉しさがあると思う。

高齢者が若さを保つ秘訣は、やはり若者との交流だろう。ましてや自分との縁が若者の未来に役立つとしたら、それは生きがいにもなり得るのではないか。自分ひとりで幸せを実感するのは、意外と難しい。なぜなら、幸せとは目の前の誰かが喜んでくれたときに、自分も感じるものだからだ。海に面した豪華なコンドミニアムでひとり過ごしたところで、幸せは得られないのではないかと思う。

五十歳を過ぎ、僕も「人生の最期をどのように過ごすか」を考え、同時に「後世に何を託せるか？」を考えるようになった。もちろん、自分ひとりの力だけで何かを完成させるには限度がある。

そんなときに自分を励ましてくれる僕の「心のお守り」をお伝えしたい。

一八八四（明治十七）年六月一日、東京気象台が「毎日三回の全国の天気予報」を開始した。その日本初の天気予報は「全国一般風ノ向キハ定リナシ天気ハ変リ易シ但シ雨天勝チ」という、日本全国の予想をたったひとつの文で表現するものだった。現代の天気予報からするとお粗末以外の何物でもない。

しかし、これに続く人々が、過去の天気や現況の天気・気圧・風向き・風速・気温・湿度に関する情報を集積し、現代の（かなり）正確な天気予報を生み出したのである。

何かをスタートするときには、いつの日か咲き誇る大輪の花をイメージして種を蒔こう。お役に立つのであれば、皆さんもぜひ「日本初の天気予報」を心のお守りにしてみてください。

父の「めいどサロン」

このところユニークな不動産屋さんが増えてきた。

その先駆けとも言えるのが、二〇〇三年にスタートした「東京R不動産」だろう。リノベーション物件をメインに扱い、いまでは東京だけでなく、金沢、神戸、福岡などエリアを拡大している。

二〇〇五年に運営を開始したシェアハウス専門の「ひつじ不動産」は、〝シェア文化〟が浸透した結果、約十年で入居問い合わせ件数が二十万件を突破したという。

建築家の谷尻誠さんも「絶景不動産」というのを運営している。「素晴らしい景色を持ちながらも、建物を建てることができる敷地として認識されていない場所や、建築が存在することによって価値が顕在化する敷地など、設計という視点から敷地のポテンシャルを引き出す」というのがコンセプトだ。

土地はよく坪単価や住みたい街などで格付けランキングがされるけれど、借景も重要なポイントだと僕は思う。どんなにいい場所でも、窓を開けてビルの壁しか見られないならつまらない。逆に、小さな部屋でも窓の向こうに紅葉の美しい尾根や晴れ間に輝く波打ち際が広がっていれば、それだけで豊かな気持ちになる。

不動産屋さんではないが、サーファーハウスやガレージハウスなど西海岸の香り漂う家や店をデザインする「カリフォルニア工務店」という会社もある。二〇一七年七月、弊社は宮崎県のサンビーチ　一ツ葉沿いにあったライフセイバーの監視塔を再利用するプロジェクトに参加し、ハンバーガー店を企画。カリフォルニア工務店に店舗デザインを依頼したところ、西海岸のビーチハウスを彷彿とさせる「ザ・ビーチ・バーガー・ハウス」が誕生した。

白を基調とした店内、海からの潮風が通り抜ける開放的な空間は、ローカルにとっても観光客にとっても魅力的な名所となるだろう。僕もカリフォルニア工務店に頼んで湘南に家を建てようかなと思ったくらい、素敵な仕上がりだった。

ここから導き出されるポイントは何か？　「リノベーション」「シェアハウス」「絶

景」「カリフォルニア」など、各社が他にはない特徴をひとつに絞ったことで、不動産価値を新たに創造できたということである。

僕自身、引っ越しは何回かしているけれど、家を決めるときのポイントは年齢によって変わってきた。

昔はアクセスが大きかった。次に景色を重要視するようになった。いまは「風」が大事。ゴージャスな外観やインテリアよりも、いい風が流れるところに住みたい。終《つい》の住処《すみか》をどこにするかも、わりとしょっちゅう考えている。重要なのはやはり人、つまりいい仲間が周りにいること。そしてやはり、いい風が流れるところがいい。ひとつだけワガママを足すなら、温泉があると最高だ。

住宅は外観や内装、場所だけで売れる時代ではなくなったと思う。住宅から窺える哲学や思想、つまり「住む人が何を思いながら暮らすのか」という視点でデザインされていることが、大切なのではないだろうか。

そういう視点で見て、僕がいま心惹かれる家は、ジャパネスクハウス「程々の家」だ。コンセプトに「日本の感性を大切にしながら、凝りすぎない。造りすぎず、飾り

すぎない。」とあるけれど、日本の粋を絶妙のバランスで追求している。なにより「程々」というバランスがよい。

現代は何でも極端なものが目立ったり、好きか嫌いか、○か×の選択肢だけで物事を決めたりしてしまう傾向にある。でも、ひとつがダメだから完全否定するのではなく、完全だから絶対正解なのでもなく、もう少し多様性というか、曖昧や婉曲を愛する日本的な心というか、〝程々感〟を大切にしていくと、すごく安心できる空間を得られるような気がする。

実は、会社創業のころからずっとあたためている住宅販売モデルがある。高齢者の夫婦が定年後に自宅でカフェをオープンできる、「まってるカフェ」というモデルだ。

二〇〇六年、僕はヨーロッパ各国で異例の売り上げを記録したフランスの絵本『MOI, J'ATTENDS…』の日本語訳に携わった。これは、ひとりの男の子の成長と人生の悲喜こもごもを「待っている」という言葉で綴った絵本で、日本語タイトルは「まってる。」とした。例えば少年は「ケーキが焼けるのをまってる。」、青年になり「運命がつながる日をまってる。」「戦争が終わるのをまってる。」、結婚して子どもを

もうけ、年老いた妻が病気になったときには「心配ないですよといわれるのをまってる。」……というように人生が続いていく。

この本の翻訳をきっかけに、僕は待つことの意味について深く考えるようになった。そして、超高齢社会を迎えている現代の日本で、子どもが巣立ち、夫婦ふたりきりで大きな家をもてあますようになったとき、誰かのノックを待っている人が大勢いるのではないか、と想像した。

そこで考えたのが、前述の「まってるカフェ」である。開業資金の目処《めど》は一千万円くらいだろうか。地域の高齢者が「まってるカフェ」というネーミングと哲学のみ共有し、あとはインテリアもメニューもオリジナルのカフェを運営していく。いわば、Airbnb のカフェ版。

全国に点在するそのカフェが、経営者となる高齢者夫婦やそこに集うローカルの人たちの話を聞ける拠点となり、若者がそのカフェを目指して旅をすると素敵だと思う。高齢者にとっても老後の儲けなどではなく、もてなす側の生きがいがみつかったら、すごく価値があるだろう。

できたら年に一度は全国のオーナーが集まる大会を開き、レシピやお客様に喜ばれ

た事柄などをみんなで共有して、オブ・ザ・イヤーを表彰すると楽しいと思う。

この「まってるカフェ」を新しいリフォームの形として販売するのはどうだろうか、と思い、実際にハウスメーカーに提案に行ったことがある。「非常にユニークなアイデアですね」と言われはしたが、実現には至らなかった。

そこで僕はとりあえず父にやらせようかと考えたのだが、なんと父は熊本・天草ですでに似たようなことをしていたのである！

その名も「めいどサロン」。

由来は萌え系のメイドではなく、冥土である。「お客様の冥土のいい土産になるようにもてなすサロン」というコンセプトを立て、父は自ら「小山家」というカフェを開いた。

住宅の価値とは、当然だが資産という側面だけではない。住む人にとって、豊かな時間が育まれること。みんなで知恵を絞って、そんな場を全国につくっていけたら、日本はもっと幸せになると思う。

朝礼と名刺

「朝礼をやっている」というと驚かれることが多いのだが、ここ十年、毎週月曜日の朝十時から企画制作会社の「オレンジ・アンド・パートナーズ」とグループ会社のデザイン事務所「ジョージクリエイティブカンパニー」の合同朝礼を行っている。

最初に僕の話、次に副社長の話があって、前週に指名された今週の当番が「心が動いたちょっといい話」をし、最後に全員が今週の「これ応援してね」と「プチ情報」を発表する、というのがおおまかな流れだ。短くて三十分、長いときは一時間弱を惜しまず費やしている。

「これ応援してね」は、「今週一週間の自分のクライマックスは何か？」を発表する場である。例えば「火曜日の朝十一時から○○でプレゼンがあります」「××社と企画していたイベントが木曜日から始まります」などと発言すると、みんながそれを頭

の片隅に入れ、その曜日や時間になったら心の中で「頑張って！」と応援するのである。どれほどの社員が実際にそうしているかはともかく、仲間の今週のクライマックスを互いに認知するだけでも心がひとつになるんじゃないかなと思う。

「プチ情報」のほうは、他人と共有したい話をおもしろく喋るというもの。例えばある社員が映画コメンテーターのＬｉＬｉＣｏさんについて「スウェーデンにいたころはテレビ局が二局しかなく、いつも映画館に行っていた。十八歳で初来日したときに初めて観た映画が伊丹十三監督の『タンポポ』で、あまりのエロさにひっくり返った」という話をしてくれた。

何の役にも立たないかもしれない、でも本人がハッとしたという話を二十人からひとつずつ聞いたら、その時点で二十個の持ちネタができる。そのネタのひとつが心のどこかで引っかかっていたら、いずれ企画のヒントになるかもしれない。

ひらめきやアイデアは自分の脳に蓄えられている知見と、五感から入ってくる新たな情報との化学反応だ。二十個のささやかなネタも、いつ化学反応を起こすか知れない。

朝礼以外にも、組織をまとめたり、働く人の気持ちをひとつにしたりするためのよい方法はいくつもあると思う。

僕は故郷・熊本県の天草市役所で「小山ゼミ」を開催している。ゼミ生は職員の若手有志七名で、天草市が北緯三十二度に位置することにちなみ、ゼミの名称を「Ｎ32」とした。

最初に取り組んだのは「名刺の作成」だ。

僕も初めて知ったのだけど、市役所職員の名刺はなんと自腹だという。だから、ブランディングも何もない、バラバラな印象を、もらった人に抱かせる。そこでＮ32のゼミ生から市役所の職員に「共通の名刺をつくろう」と呼びかけることにした。

作成する名刺の完成イメージは、第一に天草の魅力をＰＲできること。第二に天草市民が「欲しい！」と言ってくれること。そのため、小池アミイゴさんというイラストレーター兼画家を天草に招待し、数日間旅してもらって、彼がスケッチした風景を名刺に刷ろうと思いついた。

制作費に関しては、小池さんのアゴアシマクラ（食費・交通費・宿泊費）は僕が個人的に出すことにして、「ギャランティーは、名刺を作成する職員が印刷費などの実費

以外に、ひとり二千円出すのはどうだろうか？」と提案したところ、市役所の皆さんが賛同してくれた。

一方、小池さんもこの依頼をとても喜んでくれ、早速天草にやってきて、三日で二五〇枚近くのスケッチを描いてくれた。それを市役所職員でベスト一〇〇位までしぼり、ひとり一〇〇種の天草の素敵な風景や景色が裏面に刷られた名刺が完成した。なお、僕のヨミでは一〇〇人は希望者がいる（＝二十万円のギャラを支払える）と思っていたのだが、なんと二五〇人が「つくりたい！」と手を挙げてくれたのでした。大成功です。

街が輝くためには、まず役所が輝かなければいけない。役所が輝くためには、そこで働く人が輝かなければいけない。名刺は仕事をする上でとても大切なツールだ。渡したくなる名刺、渡して喜ばれる名刺を持っているだけで、仕事に取り組む気分が変わってくる、と僕は思う。

そのような想いからスタートしたこの企画は、使うみんなが「行政機関では日本一」と思える名刺を完成させ、さらに名刺の絵を利用して（税金をまったく使わずに）

天草のプロモーションビデオをつくるまでに至ったのだ。どうですか、その名刺、ちょっと欲しいでしょう？

起きて半畳寝て一畳

北海道・美瑛《びえい》に、いまかいまかと別荘建築を望まれている土地がある。

数年前のことだ。琉球料理研究家・山本彩香さんの料理を那覇で食す機会があった。そのとき隣り合わせたお医者さんのご夫婦が、ドラマ『北の国から』の舞台として有名な美瑛に住んでいるという。「遊びに来てください」という言葉に甘えて訪ねてみれば、ご自宅の眼前に広がる丘陵地帯は目を見張るほどの美しさ。まさに家を建てるならこんな所、という理想の場所だった。

ご夫婦は僕の素直な感想に耳を傾けて、こう言った。「お気に召したのでしたら、うちの土地、広いので、家を建てたらいかがですか？」

もちろん冗談だと思っていたのだが、後日、土地の造成が完了したという連絡が入り、僕は仰天した。

とはいえ、普通の別荘を造ってもつまらない。考え付いたのが、「世界で最も贅沢な書斎兼世界で最も小さい図書館」というコンセプトだ。書斎を造り、作品をいくつか書き上げ、読みたいという奇特な人はこの家まで足を運ぶべしというルールを課す。「地産地消」ならぬ「地書地読《ちしょちどく》」を徹底するわけだ。

そのような〝装置〟としての建築は、ひとつのアートにもなり得るのではないだろうか――?

隈研吾《くまけんご》さんに会ったときにそんな話をし、設計をお願いできないか尋ねると、「ぜひやろう!」と乗り気になってくれた。僕らは美瑛を訪れ、プランを練った。だが、実際に別荘が完成したとしてもそうそう美瑛まで通えるはずもない、と、そのときは自然に話が立ち消えてしまった。

僕が建築に興味を持ち始めたのは、三十代に入って『世界遺産』という番組の構成に参加するようになってからである。

建築はただの箱物ではない。そこには思想が宿り、権力が象徴され、時代や文化が反映される。だからこそ、多くの人を集め、心を変化させることも可能だったりする。

建築の力はメディアそのものだ——そんなことを感じるようになった。

実際に見た中では特にローマのパンテオンが圧巻だった。

紀元前二十五年、初代ローマ皇帝アウグストゥス時代に建造された神殿で、これは火事で焼け落ちてしまったが、現在は一一八〜一二八年にローマ皇帝ハドリアヌスによって再建された二代目パンテオンを見ることができる。石造りの建築としては世界最大の規模であり、今日では宗教的な意味合いを超越した歴史的建造物として存在する。人は雄大な自然を目の前にすると畏怖するけれど、圧倒的な建築物にも同様に畏怖することを知った。

国内では、現代美術作家の杉本博司さんが建てられた江之浦測候所《えのうらそつこうじょ》（神奈川県小田原市）にいまとても興味がある。杉本さんは骨董品の収集家としても著名で、若いころから集めていたコレクションを展示する場所として、「構想十年、工事十年」の歳月をかけ、二〇一七年十月にオープンした。

ご本人から聞いた話によれば、海に突き出す全長七十メートルの冬至光遥拝隧道《こうようはいすいどう》は、冬至の朝、相模湾に昇る太陽が隧道をまっすぐに貫き、その先にある巨石を照らすよ

うに設計されているそうだ。なるほど、建物名に「美術館」ではなく「測候所」と冠されているのは、ここが周囲の自然と対話する建築だからなのだろう。いつか冬至の日にぜひ訪れてみたい。

もちろん圧倒的な建築だけが心を揺さぶるわけではない。僕が近年いちばん心打たれた建物は、陶芸家・辻村史朗さんのご自宅と茶室だ。

辻村さんとは、滋賀の和菓子店「叶《かのう》 匠《しょう》壽庵《じゅあん》」の会長さんが縁で知り合った。「どうしても紹介したい人がいる。絶対に気が合うから」と言われ、急遽ご自宅を訪問することになったのだ。その日は予定が詰まっていて、行っても小一時間でお暇《いとま》しないといけなかったのだが、辻村さんの人間性と空間のおもしろさに魅了され、結局夜中まで滞在してしまった。

まず、ご自宅は辻村さんが廃材などをかき集めて自ら建てたものだった。居間の中央には囲炉裏《いろり》が据えられ、辻村さんが野菜や肉などを焼き、山で採ってきた山菜を天ぷらにしてくれた。ご本人が焼かれた湯のみのようなワイングラスでワインも飲んだ。

茶室も辻村さんの手によるもので、自ら焼いた茶器があり、自ら書いた軸があり、

自らつくった花器があって、山で摘んだ野草が生けてあった。おもてなしとはかくあるべし、という時間と空間だった。以来、懇意となり、僕が主人を務める「下鴨茶寮」のお茶碗も焼いてもらっている。

そんな辻村さんの作品だが、ファンは日本にとどまらず、アラブの王侯貴族がプライベートジェットで購入しにくることもあるらしい。なぜみなそれほどまでに惚れ込んでしまうのか。それは純粋な生き方が映し出されているからだと僕は思う。孤高の書家・井上有一が「貧」という字だけを書き続けるがごとく、辻村さんの作品にも人生観がそのまま表れているのだ。とても僕みたいなヒヨッコじゃ真似できない。だからこそ憧れるわけだが。

以前、スイスの海抜一二〇〇メートルの山中にある巨大な温泉施設「テルメ・ヴァルス」を訪れたことがある。

地下を通ってスパにたどり着くと、水温三十二度の浴槽の周囲に、四十二度の「火の浴槽」、十四度の「水の浴槽」、花びらが散らばる「花の浴槽」など温度、光の加減、水音の反響音などテーマごとに異なるスパが幾何学的に配置されている。見える景色

も内部の設計もすべてがダイナミックだった。

とはいえ、思索にふけるにはやはり狭いほうがいい。不思議なことだが、広い空間では思考が外へと散っていってしまい、自分の裡《うち》には向かない。むしろ、二畳ほどの茶室は心を裡に向ける最たる空間だろう。

お茶を点て、花を愛で、庭の植栽や風情を眺め、畳に寝っ転がってぼんやりと考え事をする。もしくは考えない時間を過ごす。すべてがギリギリまで削ぎ落とされた究極の空間、それが茶室の魅力ではないだろうか。

そんな建築について思考する旅が呼んだのだろうか、美瑛の別荘計画が再燃した。登山の趣味が高じた美瑛の奥さまがエベレストに挑戦することになって、東京で壮行会を開いた際、久しぶりに隈さんと「やっぱり別荘を建てよう」と盛り上がったのである。

僕があらためて隈さんに伝えたのは、ル・コルビュジエの「カップ・マルタンの休暇小屋」へのオマージュ的な作品にしたいということだ。

南フランスのコートダジュールの海岸線を行くと、イタリアとの国境にカップ・マ

ルタンという小さな村がある。コルビュジエは自身と妻イヴォンヌのため、この村に約八帖の別荘を建てた。トイレとベッドと洗面器、それに棚と机が設けられただけの狭小建築で、コルビュジエは妻亡きあとも休暇のたびに通い、一九六五年、小屋の目の前の海で海水浴中に亡くなったという。

二十世紀の近代建築に多大な影響を与えた偉大なる建築家、ル・コルビュジエ。そんな彼が愛した自作の建物が、この八帖の空間であったことに僕は非常にシンパシーを感じた。日本には「起きて半畳寝て一畳」という言葉があるけれど、真の贅沢な空間とは広さや大きさ、華美な建築ではないように思う。

家族や友達を呼んでわいわいと過ごす時間は素晴らしいもので、もちろん否定はしない。だが、ひとりでふらりと訪れ、好きなウイスキーを飲みながら読書や思索にふける――それがいま美瑛の地に建てたいと夢想する、僕の〝小屋〟だ。

世界に一点しかない絵画を所有するような気持ちで、建築を考える。なんて、ちょっとロマンが過ぎるでしょうか。

藍色の指先

二〇一六年にスタートし、三年続いた「LEXUS NEW TAKUMI PROJECT」という、世に広く知られてはいない若手の職人・工芸家・デザイナーの才能を発掘し、彼らの新たなものづくりが世界レベルで戦えるようになることを後押しするプロジェクトがある。僕は初年度からスーパーバイザーとして関わっていた。

全国の新聞社およびサポートメンバーにより各地域から推薦される「地域推薦」と、サイトを通じてエントリーいただく「一般公募」があり、その後、選考委員による審査・選考を経て、各都道府県から一人ないしは二人、計約五十名の匠が選定される。プロダクトのジャンルは生活雑貨、家具、インテリアアクセサリー、食器、ジュエリーなど幅広い。ただし、量産・実利用が可能であること、地域の特性や地場の技術を活かしたものが望ましいとされる。

次に匠によるプロダクト試作に進むのだが、このときに、メンターと呼ばれる三人がサポートをしていく。これまでつくってきたものでは意味がないので、「こんな技術があるなら、こういうものがつくれるのではないか？」というアドバイスをするわけだ。

プレゼンテーションは半年後。プロダクト試作品を、国内外の百貨店、セレクトショップバイヤーやメディア、デザイン関係者などの前でお披露目する。マッチングが叶うかどうかは試作品次第。あとは、僕とメンターの計四人で「注目の匠」をそれぞれひとり選んで、表彰するという流れになっていた。

二〇一七年開催の第二回で僕が選んだのは、和歌山県代表の伝統工芸士、東《あずま》福太郎君のつくった「桐のビア杯　鳳凰《ほうおう》」だった。一本の桐から切り出してつくられていて、驚くほど軽い。しかも保温性にも優れている。

ビア杯も素敵なのだが、桐の筒に入れたコーヒー豆が一年経っているのに新鮮な匂いと品質をキープしていることに僕は驚いた。それですっかり東君の本業である桐箪《だん》笥《す》が欲しくなってしまった。小さなプロダクトを通して本業に興味を誘う。それは非

常に意味のあることだと思う。

このプロジェクトの素晴らしさは他にもある。レクサスのＣＳＲではあるが、「レクサスに関係あるものをつくってくれ」なんて無粋なことは一切言わなかったことだ。しかも、各都道府県代表のプロダクトは各地区のレクサスショールームで展示される。要するに根っこにあるのは「地元の伝統工芸や文化を盛り上げたい」という純粋な想いのみ。

また、選出された匠を地元の新聞社が丹念に追いかけて取材を続けるのもポイントだ。新聞記事にするという広告モデルと、伝統工芸の応援が非常によくマッチングされている。

さて、第一回で僕が「注目の匠」に選んだ、永原レキ君の話をしよう。

レキ君は、徳島県代表の海部《あまべ》藍プロダクトデザイナー、つまり藍染職人である。室戸岬の青い空と海からその名を得たと言われる弘法大師空海に想いを馳せ、天然藍の染め重ねでその地の景色を表現した「藍染サーフボード Surfboard／空海」は、海

外の美術館に所蔵されたり、これまでの藍染めにはなかった意外なプロダクトが発展したりと、非常に反響が大きかった。

アーティストでも歌手でも女優でもそうだが、光が当たることで輝き始める人というのがいる。彼もそのひとりで、まさに覚醒した感があった。藍染職人にとどまらず、その光を追い風にして、いろんな人に会いに行ったのだ。

そのうちのひとりが、野老《ところ》朝雄さん。東京オリンピック・パラリンピックの公式エンブレムを制作したデザイナーである。野老さんがエンブレムのコンセプトカラーに藍色を選んだことを機に、日本一の藍の産地である徳島県が文化のＰＲロゴ制作を依頼。県内の藍染関連事業者であるレキ君もこれを機に野老さんと出会い、ちょうど彼がライフワークとして携わってきたサーフィンもオリンピック史上初めて正式種目に採用されたことも相まって、ふたりはたちまち仲良くなった。

その後、野老さんが制作した「藍とくしま」のロゴマークおよび「組藍海波紋《くみあいがいはもん》」と藍染サーフボードのコラボ作品や、サーフィン日本代表選手チーム〝波乗りジャパン〟のオフィシャルウェア制作など、さらなる藍染文化振興活動に力を注いでいる。

そのレキ君からずっと「遊びに来てください」と誘われていたので、二〇一八年八月に徳島を訪れた。

レキ君のアトリエ兼ショップは、サーフィンができるビーチの目の前にあった。彼は、碧い海を見ながら、藍を染めている。サーフィンという、ほぼ哲学のようなものと仕事がリンクする生き方というのは、それだけで幸せだ。心底、羨ましく思った。

僕はレキ君に教わりながら、手ぬぐいを染めた。何が大変って、色落ちしなくなるまで何回も何回も水洗いを繰り返すのが大変だった。それでも本当にきれいな藍色の手ぬぐいが仕上がったときには、瞬時にして愛着が湧く。茶人が茶杓を自らつくるという行為の意味が、このとき非常に理解できた。

この体験を通して、思いついたアイデアがある。徳島県の若者たちは、それほど藍に興味がないだろう。それはどこの地方も同じで、地元の伝統工芸を知っていたり、その道に進もうとしたりする若者は少ない。

だったら、成人式で藍染め体験をさせるというのはどうだろうか。彼らが成人する

日に何か染めたいもの――タオルでも名刺入れでも財布でも――を持参する。それを全員で染め、成人を機に使いはじめる。世界にたったひとつの品は、使えば使うほど手に馴染み、少しずつ色褪せていく。徳島を出た若者は色褪せた藍の色を見て、多忙で故郷への想いも薄れている自分のことを少し反省するかもしれない。

そんなときのために、県庁の中に藍染めの工房「藍ラボ」をつくってはどうだろうか。若者は染め直すために里帰りをする。そしてもう一度染め直された濃い藍に、息を吹き返した自分を投影するのです――というのは完全に僕の妄想ですが。

僕が徳島の県庁の方々にお会いして素敵だなと思ったのは、ブランド課も農林水産政策課も観光課も、部署を超えて「藍」に関わっていること。だからブランディングができるし、商品がつくれるし、体験もできる。やはりそれが藍の魅力なんだろう。天然の染料だから川にだって流せるし、防虫効果もあるし、日本を代表する色（ジャパンブルー）でもあるし……最強の特産品だと思う。

とはいえ、藍を謳いすぎるのもよくない。藍はゴールではなく、入り口だからだ。そこから徳島がいかにオーガニックに富む地域であるか、豊かな暮らしがあるかをP

Rするほうがいいと思う。

そんなわけで、僕の二〇一八年の夏休みの思い出は、真っ青に染まった指先と阿波踊りの記憶である。

ちなみに阿波踊りのルーツは、僕の故郷・天草のハイヤ節であるという説もあるらしい。藍と阿波踊り、熊本と徳島の不思議なご縁……。これについてはいつかまたあらためて掘り下げてみたい。

人生をちょっと豊かにする魔法

食べることが好きだ。

それは美味しいものが好きという意味でもあるが、以前も書いたように、「飲食」は寒い日の焚き火のようにたくさんの人を集められるし、幸せな気持ちにさせる。これほど強力な引きのあるものはちょっとほかに思いつかない。

そんな想いが縁を結んでくれるのか、これまでにバー「ＺＯＲＲＯ（現「月下」）」、ビストロ「タワシタ」、オープンカフェ「ＲＡＮＤＹ（現在は閉店）」、フレンチレストラン「ＳＵＧＡＬＡＢＯ」、京都の老舗割烹「下鴨茶寮」、たい焼き「まるきん製菓」と、飲食業の経営やプロデュースに携わってきた。

そうして二〇一九年十月、満を持して、『Ｆｏｒｂｅｓ　ＪＡＰＡＮ』の創業者である高野真さんと共同で、会員制ビストロを東京・東麻布にオープンした。

会員制にしたのは、商売優先の店ではなく、好きな仲間だけを集めて、最高に居心地のよい空間をつくりたかったから。

東京の最近の人気店は、

1. 予約がとれない
2. シェフの〝作品〟をありがたくいただく
3. 料金が高い

というのが多いが、我々はこの真逆を行く。つまり、

1. いつでも予約がとれる
2. シェフがお客様のどんなワガママも聞いてくれる
3. 誠実な価格設定

を目指す。

その実現のためには会員制がふさわしい、という結論になった。会員数は五十名限定。何カ月かやってみて、あまりに理想と違ったら、数の増減も視野に入れる。

店の名は「blank」とした。由来はふたつ。ひとつは、「豊かな人生には、上

質の空白が必要である」という自らの想いから。もうひとつは、「この店のシェフ名は常に空欄である」というスタイルからである。

もちろん、専属シェフはいる。山田ゴローという、僕の元運転手だ。

彼は放送作家を目指していたのだが、あるとき早朝会議にいらっしゃる方々のために料理をつくらせたら、意外と上手だった。料理学校も出ておらず、老舗レストランや海外で修業もしていないけれど、ゴローには「一度食べた味を再現できる」という特筆すべき才能がある。

そこで「ｂｌａｎｋ」の専属シェフになってもらったのだ。会員はゴローに食べたい料理を頼んでもいいし、自ら懇意のシェフを連れてきて、ゴローにアシスタントをさせてもいい。僕はもっぱら店の隣のスーパーで大好きな竹輪を買って「竹輪の磯辺揚げ」をオーダーしたり、サッポロ一番塩らーめんをさらに美味しく食べる研究をさせたりしている。

いわば「会員制ビストロという体裁の、とても緩いジェントルマンズクラブ」のような、気の置けない仲間と集まれる秘密基地のような感じ。儲けを考えなくてよいと本当にいい店をつくれるんだな、ということを日々実感している。

「豊かな人生には、上質の空白が必要である」と前述したが、二〇一四年、五十歳になった年に「人生のハーフタイム」と称して、一カ月の休暇を取ったことがある。

何をするかは事前にいろいろ考えた。結局は、日本と海外の行ってみたい都市と好きな都市を数カ所、それぞれ一～三泊滞在する「旅」を決行したのだが、候補の中には「断食道場に通ってダイエット」「ゴルフを極める」に交じって、「ハワイでサーフィンの特訓」というのもあった。

僕は出発前、一カ月間の日々のあれこれを記そうと小さなノートブックを用意した。二〇一四年六月二十三日にしたためた最初のページには、こう書いてある。

「五十にして天命を知る。その天命とは何だろう？　自分はなぜこの世の中に生まれてきたのだろう？（中略）これから残りの人生で何をすべきか？　それを考えるために、一カ月間の休みを取ることにした。（中略）がんばって、休むぞ、オレ!!」

そんな休暇初日の七月一日、僕は仙台の歯医者にいた。しかも、一日～三日と八日～十一日の計七日間、歯医者に通い続けた。「美味しいものを食べ続けるためには丈

夫な歯でないと」と思ったからである（結論として大正解だった）。

ほかは自分の行きたいところに行くことにし、四日～七日はパリとストックホルム、十二日～十四日は熊野古道、十六日～二十五日はニューヨーク、イスタンブール、ヴェネツィア、ツェルマット、プラハを旅し、二十六日～八月二日は「シルバーシー」に乗船し、ストックホルム→ヴィスビィ→リーガ→ヘルシンキ→サンクトペテルブルク→ミュンヘンという旅程を楽しんだ。

休暇から戻って感じたことがいくつかある。

まず、休むことに対する罪悪感が消えた。それまでは「休むこと＝悪」と思っていたのだが、長い人生で一カ月くらい休んでもなんとかなるもので、休む勇気が湧いた。同時に休暇中にすでに「早く働きたい」とウズウズしていたので、そういう意味では働くことの喜びもあらためて知った。

また、スタッフも一カ月で成長していた。それまでは任せることが不安だったけれど、自分がいなくても回るんだという、スタッフへの信頼と感謝が芽生えた。

そういえば熊野古道を歩いていたとき、ふと思ったことがある。「歩」という文字

は「少し止まる」と書き「休」という文字は「人が木になる」と書くのだと。人は歩き始めたらずっと歩き続けなくてはいけないと思いがちだが、立ち止まるということも必要なのだ。

「五十にして一カ月の休暇を取った」と言うと、たいがい「自分もやりたい」と言われる。でも実際に行動に移した人に会ったことがない。僕がなぜ成功したかというと、やはり「五十歳」という年齢があった。

例えば四十七歳で突然「俺、一カ月休むわ」と言ったら周りが許可しないだろうし、「六十歳の還暦に」と思ったら今度は体力が足りない。五十歳という年齢は周囲の理解と納得を得られやすく、すごくよいタイミングだと思う。

次に告白のタイミングだが、僕は四十九歳の誕生日にそれを宣言した。祝いの場で一年後の話をされても、みんなあまりピンとこないので、「どうぞどうぞ」と言ってくれる。もちろん日が近くなれば「本当に休むんですか!?」と騒ぎ出すのだが、「俺、きちんと宣言したよね」と答えればいい。

大事なのはリターンを目論《もくろ》む投資ではなく、どれだけ無駄なことをやるかだと僕は

思う。「無駄」の「駄」は馬に積んだ荷物のことで、荷をつけて運べば「駄賃」になるが、荷をつけない空馬は稼ぎがない。だが餌だけは食うから、それを「無駄飯」と言った。そういう意味では、無駄な空馬は仕事せずに歩いている人間みたいなものだけど、だからこそ見つかるものがあったり、普通ならできない経験ができたりするのではないだろうか。

「ｂｌａｎｋ」をつくったのも然り。無駄といえば無駄。

でも、その空間には仕事では絶対に生まれないようなセレンディピティが生まれるかもしれない。人生をちょっと豊かにする魔法が、そこにはある。

原始的サウナ、三つの魅力

デンマーク出張のついでにフィンランドの首都ヘルシンキに寄った。〝サウナの聖地〟で本場のフィンランド式サウナを体験してみたかったのである。

日本の風呂に湯船があり、かつ温泉や銭湯が全国に点在するがごとく、フィンランドも一般家庭にはプライベートサウナ、アパートには共有サウナ、街には公共サウナが存在する。来客用サウナを有するオフィスも珍しくなく、商談や社員の福利厚生にも利用されているらしい。

そればかりか、官庁、各省、市役所、学校、病院などの公共施設から空港のラウンジやクルーズ船まで至るところに設置されており、その数、フィンランドの人口約五五〇万人に対して、なんと三〇〇万以上！　日本人の風呂愛に勝るとも劣らないサウナ愛と言えよう。

実際、フィンランドのサウナと日本の風呂には共通点が多い。オルパナ駐日フィンランド大使は「サウナの中は皆が平等で、上下関係はない」と言っているが、サウナだろうが風呂だろうが、確かに人は裸では虚勢や見栄を張れないし、肩書にもなんら意味はない。文字通り、〝裸の付き合い〟でしかない。

また、人と非常に近く隣り合わせる空間にいるわけで、互いを慮ったり、順番を守ったり、品位を保ったりするという礼儀も自然発生的に生まれてくる。

フィンランドのサウナ推進組織はサウナが提供する特徴を、

1. 五感で感じること
2. 自分自身に意識を向けること
3. リラックスすること
4. 身体を清潔にすること
5. 心身を健康にすること

とまとめているが、これは僕が推進している「湯《ゆ》道《どう》」にも通じるものがあると個人的に感じた。

ヘルシンキのサウナ三昧に話を戻そう。

滞在は一日のみで三軒しか行けなかったのだが、その中でいちばんおもしろかったのが「SOMPASAUNA《ソンパサウナ》」だ。

市の東に位置する海を埋め立てて都市開発をしているソンパサーリ埠頭、東京でいうお台場みたいな場所の突端に、そのサウナはある。

二〇一一年夏、廃棄されていた小屋を修繕し、ストーブを持ち込んでサウナとして使い始めた人がいた。そこにだんだんと人が集まってきたのだ。寄付やアルミ缶・ペットボトルのリサイクルで得た小銭で、誰かが屋根に煙突を立て、誰かが薪代わりの建材廃棄物を切る道具を用意した。更衣室やシャワー室、トイレ、貴重品ロッカーはないが誰でも無料で使える、という原始的なサウナは多くの人を魅了。二〇一三年秋には「ソンパサウナ社団法人」が設立され、二〇一八年には新たに大小二つのサウナ小屋が完成した（最初の小屋は倉庫として利用中）。

その際に簡易式トイレはひとつできたものの、更衣室やシャワー室は相変わらずないので、いまも訪れた人は小屋の外で着替え、テーブルの上などに荷物を置き、サウナを楽しむ。ちなみに男女共用、裸でも水着でも利用可。二十四時間営業だが、「最

初の人がストーブを点け、最後の人が清掃する」というルールが遵守され、時間によっては入れないこともある。

僕が訪れたときは全裸のおじさんが食事中で、「夕方まで掃除をするからそれまで待ってほしい」と言われ、後ろ髪を引かれながら次のサウナに向かった。

残りの二つのサウナも非常に素晴らしかったが、入れなかったソンパサウナに強烈に惹かれた理由は三つある。

一つ目は、完全に自己責任の世界だということ。荷物の管理も、裸の男女が同じ空間にいることも、温まった体を冷やすために海に飛び込むことも、すべてが自己責任で、真の大人でないと成立しない。

二つ目は、完全に寄付とボランティアで成り立っていること。テーブル、椅子、新しい小屋、薪、水など、どれも誰かの善意によってつくられたり用意されたりしたもので、ここに関われるおもしろさや幸せが体現されている場所なのではないかと思う。

三つ目は、ヘルシンキ市の許容量の大きさだ。普通であれば、他人の土地に勝手につくられた違法建造物は撤去されてしかるべきだが、市は自然発生的に誕生したソン

パサウナの存続を認め、ついには文化勲章まで与えたというからすごい。日本でも国や自治体が「これは観光資源になる！」と思ったら、ルールや制度を整えてもいいから、思い切った規制緩和をすべきなのではないだろうか。

僕が初めてヘルシンキを訪れたのは、前述したように「人生のハーフタイム」と称し、五十歳で一カ月休暇を取ったときのことだ。休暇の終盤、バルト海を船でめぐった際、食事するために立ち寄った。そのときはサウナに興味がなかったし、当時のヘルシンキは公衆サウナが激減していた。

ところが、日本の若者が潰れかけた銭湯を復活させるがごとく、ヘルシンキでも新しくユニークな公衆サウナがあちこちにでき始めたと聞いた。

特にすごいと思ったのは、二〇一六年に誕生した世界初の「スカイ・サウナ」。これはなんと「市民の強い要望」により、巨大観覧車スカイウィールのゴンドラひとつがサウナになったもの。市内の風景を楽しんだあとは、地上に設置されたジェットバスに入れるらしい。市の公衆サウナを周るときに持参するとスタンプがもらえる御朱印帳のようなものもあり（スタンプ自体はものすごくショボいのだが）、市民があらためて

サウナ文化を盛り上げていることが感じられる。

思えば、人生で心に残るサウナは大学時代にさかのぼる。

卒業制作のために取材していた北海道帯広のソーセージ職人・平林英明さんは、牧場の敷地内に流れる川のほとりにサウナ小屋を建てていた。燃やした薪の上に大きな石が置かれ、その上に雪を載せると、ジューッと蒸気が立つ。汗だくになったらサウナから出て、雪で冷やしたビールを飲み、氷を割って川に入る。これ以上ないくらいのワイルドさではあったが、それが「サウナ最高！」と思った初体験だった。

ソンパサウナは「移転先募集」とのことだったが、二〇二一年六月二十八日、ソンパサーリ埠頭から風光明媚なヘルマニンランタという場所へと移動したそうだ。正式なオープン日は未定とのことだが、新しい場所で原始的なサウナのままで、営業していくのだろう。

そうやって国の文化がきちんと守られ受け継がれていくという点だけでも、フィンランドが世界幸福度ランキング一位であり続けることが頷ける。

観光におけるツルハシ

〝せとうちの海に浮かぶ、ちいさな宿〟——客船「guntû《ガンツウ》」に初めて乗った。行程は、尾道を起点に宮島沖・大三島沖に錨泊《びょうはく》する西回りの二泊三日。結論から先に書くと、これまで経験したクルーズ船で最高の体験だった。

ガンツウの大きな特色は三角の大きな切妻屋根を載せた和風の外観だろう。内部空間にもサワラ、栗、杉など十種類を超える木材がふんだんに使用されている。客室は四タイプ十九室あり、全室オーシャンビューテラス付きのスイートルーム。いちばん下のクラスの「テラススイート」でも約五十平米と、一般的なクルーズ船のスイートルームくらい広い。

備え付けのワインセラーにはケンゾー　エステイトの「あさつゆ」や「紫鈴」、シャ

ンパーニュなどのハーフボトルが並び、特注の今治産タオルをはじめ、国産オーガニックスキンケア「THREE」で統一したアメニティ、バング&オルフセンのスピーカーなど上質なこだわりがそこここに感じられた。

食事も素晴らしかった。ミシュラン星付き料理店、原宿の割烹「重よし」監修のメインダイニングでは、瀬戸内の新鮮な食材をゲスト一人ひとりの好みに合わせて調理してくれる。ダイニング奥には小さな寿司カウンターもあって、瀬戸内海で獲れた旬の魚を握ってくれる。僕はまず寿司をいくつかつまみ、メインダイニングでオムライスとコロッケをちょっと食べてから、締めにもう一度寿司カウンターでアワビを握ってもらうなんて贅沢もしてみた。

旅のハイライトのひとつは宮島上陸だ。厳島神社に朝六時半の開門直後に訪れるという珠玉の行程で、境内にはほぼ先客がおらず、荘厳な雰囲気を心ゆくまで味わうことができた。

でも、自分にとって至福だったのは、船尾に位置する檜風呂やサウナに入り、船窓から瀬戸内海を眺めながら何も考えずに過ごす時間だった。夜中に目が覚めたときにデッキから見た月明かりに浮かぶ島々のシルエットも忘れられない。瀬戸内の海の美

しさをあらためて実感した旅だった。

取材で訪れた「Zenagi《ゼナギ》」という宿泊施設も印象深い。二〇一九年四月に長野県南木曽町にオープンした全三室のラグジュアリーホテルで、コンセプトはずばり、「日本の田舎を探検する」だ。

ガンツウと同じく、まずは空間が素晴らしい。江戸時代に建てられた古民家の巨大な梁や柱の木組み、煤で黒光りする天井を生かし、木曽の職人たちが地元の木材でつくったオリジナル家具が宿のアクセントとなっている。

食ももちろん最上級。カウンター六席だけのレストランは、大きな窓から美しい田園風景を望める。和食は懐石料理の名店「銀座　うち山」の内山英仁氏、洋食はイタリア・シチリア島の「Ｂｙｅ　Ｂｙｅ　Ｂｌｕｅｓ」のシェフ、パトゥリツィア・ディ・ベネディクト氏がそれぞれ監修。

だが、星付きシェフの料理以上に僕を感動させたのは、カウンターで働いていたひとりの女性だった。彼女は料理で使われる美味しい野菜をつくっている農家の女性だったのだ。自分が手をかけて育てた野菜を一流のシェフが料理し、サーブする。その

現場にサービスとして立つことで、彼女は得も言われぬ喜びの表情をたたえていた。

ゼナギの素晴らしさはそれだけではない。取材で来ていた僕は時間の都合上体験していないのだが、ここには「アウトドア体験ツアー」が各種取り揃えられている。

例えば春夏には、三千メートル級のアルプスの山々を望みながらパラグライダーで空を飛ぶ「スカイ・アドベンチャー」や、美しい棚田の中を電動マウンテンバイクで駆け抜け、お茶摘みや和紙漉きなどの文化体験をする「ヴィレッジ・アドベンチャー」。秋にはウエットスーツやドライスーツ、ヘルメット、ライフジャケットなどを装着して川を自ら流れながら紅葉を眺める「キャニオニング」。冬には雪原の中を進み、凍った滝のつららを取ってロックウイスキーを飲むというアクティビティまである。


そこで思い出したのが、大分県の「ＡＮＡインターコンチネンタル別府リゾート＆スパ」でお会いした、フランス人ＧＭのステファン・マッサリーニさんの言葉だ。

「日本人はラグジュアリーの定義を勘違いしている方が多い。例えば、伝統工芸の器で一流シェフの料理を出すことがラグジュアリーなのではない。それよりも登山の途

中で採ったキノコを山頂でシェフに料理してもらって食べることのほうが数倍心に残る。つまり、そこに共感と感動があって、初めてラグジュアリーと言えるのです」

観光産業に携わる人々は売りになるアクティビティが出尽くしたと思っているかもしれない。しかし、実はアイデア次第だということだ。地元の人が「これで喜ぶのかな?」というようなことが、逆にアクティビティになるかもしれない。観光において「視点」というのはいちばん大事なもので、それは地元の宝物を発掘するためのツルハシのようなものなのだと思う。


僕にとっての最高のラグジュアリー体験は何だったか。ランドローバー社のメディアツアーである。これまでに二、三回参加したのだが、アンデスの山々を旅した八日間は特に印象的だった。

ペルーの空港からプライベートジェットで降り立ったのは、ガタガタ揺れる土の滑走路。そこに数台のランドローバーが並んでいて、僕はもうひとりの日本人と一台に乗り込んだ。隊列をつくって進むランドローバーはそのまま五千メートル級の山々を行く。途中で胸ぐらいの深さの川を渡ったこともあった。自分の車だったら怖くてと

ても入れないが、サポートが付いてくれているのでチャレンジできるのだ。

夕方、ようやくたどり着いた草原には大きな白いテントの下、ダイニングルームが設えてあった。タキシードを着た執事たちが「いらっしゃいませ」と歓待してくれ、冷えたワインやシャンパン、温かい料理がふるまわれた。ディナー後にテント外に出ると、大きな焚き火スペースがあり、今度はシングルモルトがサーブされた。

この場所まで案内してくれた馬乗りは夜半に馬を走らせなくてはいけないとかで、朧《おぼろ》月夜のもと、馬が駆ける姿が遠くに見える。蹄《ひづめ》の音、薪のパチパチと爆《は》ぜる音、弦楽隊の演奏、満天の星……。それはまるで、一夜限りの夢物語だ。

〝物語〟は人の心を揺さぶる。

その感動の揺れ幅の大きなものを、僕はラグジュアリーと定義している。

継ぐ

湯の道、始める

企業家のトップにはお茶をたしなむ人が多い。

明治三十年代前後から政財界の富裕層が茶の湯に興味を持ちはじめたようで、代表的な人物として、三井物産創始者の益田孝氏、鉄道王として知られる根津嘉《か》一郎《いちろう》氏、阪急東宝グループ創業者小林一三《いちぞう》氏などの名が挙げられる。最近だと、サントリーホールディングス社長の新浪《にいなみ》剛史《たけし》氏は「茶道の無駄のない流れは経営にも通じる」と語り、楽天野球団の前社長兼オーナー島田亨氏も「『実るほど頭を垂れる稲穂かな』という姿勢をお茶をするたびに思い出す」と話されている。

僕が懇意にさせていただいている方で「茶人」といえば、ＬＩＸＩＬグループ元ＣＥＯの潮田《うしおだ》洋一郎さんだ。

潮田さんは裏千家の公益財団法人国際茶道文化協会の前理事で、当時は茶の専門誌

にエッセイを執筆していた。茶道具の世界最高峰コレクターとしても一目置かれており、二〇二一年二月には名品道具の数々を用いた珠玉の茶事九席収録の著書『数寄《すき》の真髄』を出版している。小唄、長唄、鳴りものの類も玄人はだしというから、まさに「現代の数寄者」だろう。僕の予想では、茶道具の安易な海外流出を憂い、後世に遺すために私財を擲《なげう》ったのではないかと踏んでいるのだが、もしそうであれば、まさに有意義な浪費というにふさわしいのではないだろうか。

僕自身が茶の湯の席で感じるのは、「バトンを受け取っている」という感覚だ。

お茶の世界では、茶道具は「お預かりする」という言い方をする。自らが所有する「私物」ではなく、自分が生きている間は自分が預かり、次世代に伝えていく「文化財」であるという意識。ここに、単なる習い事ではない、「道」を感じるのだ。

実は僕も新しい道を開いてみようと、二〇一五年にひとつの企画を立ち上げた。「湯道」——お湯の道である。

僕はお風呂が好きだ。毎朝一時間は必ず湯に浸かる。ある日、「お茶やお花が長い年月を経て『茶道』『華道』という文化になったのなら、お湯もいまから道をつくれ

ば四百年後に立派な文化になるのではないか」と思いついた僕は、早速BSフジ「小山薫堂 東京会議」の企画として立ち上げ、京都の大徳寺真珠庵に向かった。そこで、ご自分も「マイ桶を持って近くの銭湯に行くのが好き」という山田宗正《そうしょう》二十七世真珠庵住職からこんな興味深い話を聞いた。

修行僧は五日に一度しかお風呂に入れないのだそうだ。そのお風呂には、風呂で悟りを開かれた跋陀婆羅《バッタバラ》菩薩のお位牌が祀られていて、お線香をたて、参拝をしてから湯船に浸かる。しかも禅寺には、三黙《さんもく》堂という喋ってはいけない修行の場がある。それが、西浄《せいちん》(厠《かわや》)、食堂《じきどう》、そして浴室。つまり禅宗の世界ではお風呂は修行の場であり、感謝を捧げる場なのである。まさに「湯の道」!

そもそも飲める水を沸かしてそこに入るということ自体がこれ以上ない贅沢だ、と住職はいう。確かにそんなことをする国民は日本人以外にいない。であれば、その事実に毎回感謝をしなければいけないだろう。

また、湯が隣の人にかからないようにするとか使った桶をきれいにするとか、他人を慮る力がなければ日本のお風呂は入れない。そういう他人への気遣い、言葉ではな

い心の交流は非常に尊いもので、それを説明するときの装置として湯道が機能したらいいね、という話で私たちは盛り上がった。

もうひとつ重要なポイントは、湯道でも茶道のように伝統工芸を守るということだ。例えば伝統工芸の作家さんが自らの技術を応用して、新しい道具を提案するようになったら素敵ではないだろうか。柔道に黒帯や赤帯があるように、湯道も段位を色で表現し、刺し子職人が手ぬぐいに刺し子をする。桶職人は、使った桶の水切りをするときにコーンといい音が鳴る桶をつくる。その音を響かせるために、京瓦の職人が桶で叩いても割れない瓦をつくり、「響き石」と命名する。それら湯の道具から、新たな湯道の作法が生まれていくわけだ。

住職は「湯道温心《ゆどうおんしん》」と書でしたためてくれた。湯の道によって心を温める、という意味である。

日本人ほど風呂と温泉が好きな人種はいないだろう。古くは徳川家康が熱海温泉に七日間の湯治に出かけ、四代将軍家綱に至っては、真新しい檜の湯樽に熱海の温泉を汲み、「御汲湯《おくみゆ》」として男衆に江戸城まで運ばせた。かかった時間は約十五時間！

汲んだときの湯温は約九十度と非常に高温のため、江戸城に着くころには「いい湯加減だった」と伝えられている。

庶民はというと、最初は寺院の施浴《せよく》、平安時代末期には湯屋が、江戸時代には蒸し風呂式の銭湯が登場。しかし本格的な銭湯は街の中心部にしかなかったため、船内に浴槽を設け、停泊中の船や川筋に漕ぎ寄せて料金をとって入浴させた小船もあった。これが「湯船」の語源となったそうだ。

ウンチクはさておき、湯道は年に五十軒のペースで廃業に追いやられる銭湯を守ることにもつながるだろう。夕方、子どもたちが学習塾に行く感覚で、銭湯で湯道を教わるというのはどうだろう。番台に座っているおじさんは湯道の師範。湯船につかる前には何をすればいいのか、どうやって人に迷惑をかけずに身体を洗うのかなどを学ぶことで、人を慮る心が身につく。

あるいは日本の伝統工芸を駆使した道具の使い方を教わることで、将来は古美術の目利きとなるかもしれない。

遠慮なければ近憂あり

最近、長期的な価値について強く意識するようになった。そのきっかけのひとつが、人間国宝の漆芸家《しつげいか》・室瀬和美さんと出会ったことだった。

室瀬さんの仕事の様子をＢＳ朝日「アーツ＆クラフツ商會」で撮影させてもらった。これは伝統工芸を取り上げ、その歴史と技を紹介し、最後にプロダクツに落とすという三段階の番組で、そのなかに「スタッフが挑戦」というコーナーがある。室瀬さんの回では僕がそのスタッフとして漆芸を教わった。

まず○と△と□を漆で描いて、その中に蒔絵を描く。思いのほか綺麗にできて、室瀬さんにも「すごいですね、初めてでこのレベルは」なんて持ち上げられたものだから、「俺って天才かも」などと内心思っていたのだが……。あとで室瀬さんの仕事を間近で見たら、当然ながら足下にも及ばないというか、あの程度で浮かれた自分が恥

ずかしいというか、とにかく本当に素晴らしい技なのだった。

しかし、素晴らしいのはそれだけではない。

漆椀の工程でいうと、木地固めから錆固めという下地づくりだけでも三カ月かかる。その後、下塗り、中塗り、上塗り、磨きなどを経て、ようやく絵付けや螺鈿《らでん》などの作業をするわけで、相当な手間がかかる。

僕は室瀬さんの「これを見て二百年後の人も感動するということを考えると、手を抜けない」という言葉にしびれた。一般的に人は「いま」のことしか考えない。完成したときにウケるかなとか、時流に間に合うかなとか。室瀬さんはそんなことは露ほども考えず、二百年後の人の目を意識しながら仕事をされている。感動したし、同時に嫉妬のようなものさえ覚えた。

もうひとつ、これも貴重な教えをいただいた話を書きたい。

先日、小笠原流礼法の宗家である小笠原敬承斎《けいしょうさい》さんを招いて、湯道の作法について話し合った。「湯道はいかに他人を慮るかが軸になるんです」と僕が言うと、小笠原さんは「作法というのは、それがすべてです」と言い、「遠慮なければ近憂あり」

という諺《ことわざ》について説明してくれた。

まず「遠慮」という言葉を私たちは少々誤解していると思うのだが、遠慮は消極的に行動することではなく、遠い将来まで見通した深い考えのことだ。だから先の諺の意味は、「遠くの未来まで慮らなかったら近くの未来に心配事が起きる」となる。深遠な時間が「遠慮」という言葉には含まれているのだ。

そこで僕は「遠慮せずして遠慮しろ」という社内標語を考えた。消極的にならず、しかし遠くの未来まで慮ることを、社員には常に体現してもらいたい。

「いま」の積み重ねは過去になる。そして長い過去が数百年後の人々にある種の教えや感動を与えるといいなと願う。

「ザンビアで聴いています」

熊本県に、二〇二二年に創業七十周年を迎える「鶴屋百貨店」がある。

鶴屋はオープン翌年、熊本放送（当時はラジオ熊本）の開局日である一九五三年十月一日に、「午後2時5分一寸一服《ちよつといつぷく》」というラジオ番組を開始した。以来、十四時五分から二十分間、本館一階のサテライトスタジオより毎日公開生放送を行っている（もちろん熊本放送最長寿番組である）。

構成はいたってシンプルで、スタジオに集まっているお客様に挙手していただき、「今日は何をお買いになりましたか？」などと尋ね（「ああ、今日から○○フェアが開催されましたものね〜」と、宣伝の合いの手を入れるのは忘れない）、最後に歌のリクエストに応えるというもの。家でラジオを流し聴きしていた人は気づかぬうちに購買意欲を掻き立てられ、翌日鶴屋に行ってしまうかもしれない。

こんな画期的なメディアミックスが七十年近く前に、地方の百貨店で始まっていたなんて、なかなか稀有な話ではないだろうか。

思えば、小学生のときに鶴屋の公開放送を見にいったのが、僕にとってメディアというものに触れたファーストコンタクトだった。そのときのメディアへの漠然とした憧れが、いまの僕につながっていることは間違いないわけで、あらためて鶴屋さんに感謝申し上げる次第である。

僕が仕事として初めてラジオと関わったのは、大学一年生。文化放送の「吉田照美のてるてるワイド」でアシスタント・ディレクターを経験させてもらった。その後、いくつかの番組で構成やパーソナリティを経て、一九九八年、三十四歳でＦＭヨコハマの「ＦＵＴＵＲＥＳＣＡＰＥ」というレギュラー番組を持つようになった。

毎週土曜日朝九時から二時間の生放送で、相棒はラジオパーソナリティ・キャスターとして活躍する柳井麻希さん。

ラジオに縁のない人は信じ難いと思うかもしれないが、ラジオほどコアなファンをつくりやすいメディアはない。それは、例えばこんなときに実感する。

二〇一五年、ＦＭヨコハマが開局三十周年を迎え、周年記念公式キャンディ「横濱アイスクリンキャンディ」が発売された。これは先の番組内で「横浜の人々に愛される飴をつくろう」を合言葉に開発プロジェクトが誕生したことがきっかけだ。

スポンサーの味覚糖さんがつくった飴の試食を番組内で行い、個別包装はリスナーから募集した横浜の名所写真をイラストに描きおこし、オリジナルステッカーも付録につけた。絵のド下手な相棒・柳井さんに描いてもらったマーライオンのイラストも、個別包装百個にひとつ程度の割合で入れてもらった。

そして、発売日当日「ぜひ買ってください！」と放送したら、なんとその日の横浜のコンビニで圧倒的売り上げを誇ったのだ。ポスデータによると、ＡＫＢのＣＭで販売した品よりも高い記録をつくったらしい。このデータをもとに味覚糖は全国販売に踏み切り、横濱アイスクリンキャンディはヒット商品となった。

この話には続きがある。Né-net《ネ・ネット》というイッセイ・ミヤケ系列のブランド（現在はブランド休止中）があるのだが、二〇一五年当時に在籍していたデザイナー高島一精《かずあき》さんが番組のコアなリスナーで、柳井画伯の下手ウマ・マーライオンをいたく気に入り、マーボーダーT、マーポーチ、マーソックスなどコラボアイテムを制作してしまった

のである。

ラジオ番組がコアなファンをつくり、そのファンとともに何か新しい企画に火をつけて、マスに展開できるなんて、ラジオ番組は捨てたもんじゃないなと思いませんか？


もうひとつ、「FUTURESCAPE」には「裏FUTURESCAPE」なる番外編がある。放送終了後に喋り足りない僕と柳井さんがさらにだらだらと喋ったものを番組としてポッドキャストで配信しているのだが、なんと毎週約一万人にダウンロードされている。

その多くは海外在住者で、理由は、茶飲み友達のなんてことない日本語の会話に飢えているから。彼らにとっては、日本の喫茶店で隣の席の噂話に聞き耳をたてるような感覚なのかもしれない。

「ザンビアで聴いています」というメールをもらったこともあるし、ジュネーブに行ったときに、ある日本の銀行のスイス支店長にも「聴いています」と言われた。エンターテインメントというものは、不特定多数のためよりすごく小さなパイの共感しあ

える人に向かってつくったほうが、結果的にはおもしろくなると思う。その原型が、ラジオにはあるのだ。

もうひとつ、素敵な例を紹介したい。

岐阜県大垣市にＴＳＵＣＨＩＹＡ株式会社という建設会社がある。その会長兼社長の土屋智義さんと、十数年前にバー「ＺＯＲＲＯ」で知り合った。そのとき「いつか小山さんと仕事がしてみたい。何かあったら声をかけてください」と言われた。

それから数カ月後。Ｊ-ＷＡＶＥに「ＨＯＬＩＤＡＹ　ＳＰＥＣＩＡＬ」という、祝日にオンエアする九時間生放送の特番枠があるのだが、放送一カ月前にスポンサーが諸事情あって降りてしまい、営業担当者から相談の電話を受けた。僕はふと土屋さんの言葉を思い出し、ダメもとで「関東圏のみ放送のラジオ番組なのですが、スポンサーをやりませんか？」と尋ねてみた。土屋さんは「え？　岐阜では聴けないの？」と最初こそ笑ったものの、その場で快く引き受けてくれた。

そして番組はなんと、二〇二〇年十月で十五回を数えるまでに！

土屋さんは第一回から「うちの宣伝はしなくてもいい。これはＣＳＲのようなもの

で、楽しければそれでいいですよ」とおっしゃり、毎回子どもに夢を与えるテーマで番組制作を続けてきたのだ。リスナーがＴＳＵＣＨＩＹＡ株式会社に何を感じるかは言わずもがなである。

ラジオほどオーナーの想いが反映されるメディアはない。二〇一二年に木下工務店完全子会社のキノシタ・マネージメントがインターＦＭを買収したとき、メディア界は騒然となったけれど、僕は企業が理想のラジオ局をつくりあげて遊ぶのはとてもおもしろいのではないか。

例えば大阪のＦＭ ＣＯＣＯＬＯがリスナーセグメント戦略としてＡＯＲ世代をターゲットにしたように、大学生による大学生のためのラジオ局なんてどうだろう。全国の大学生に関わる情報を集めて放送すれば、スポンサー企業にとってはよい人材を見つけるチャンスになるかもしれない。

フェイスブックはハーバード大学の学生限定のコミュニティだったのが、いまや全世界に広がる巨大メディアになった。ラジオだってそんな魅力的な可能性を秘めていると僕は思う。

羊飼いのいない羊の群れ

二〇一七年七月、東京のＪ－ＷＡＶＥで、「京都」をどこよりも深く掘り下げるスペシャルプログラム「ＫＹＯＴＯ　ＩＳ…」という二時間のラジオ番組を放送した。ナビゲーターは、企画・取材を担当した僕と、ＫＢＳ京都の竹内弘一アナウンサーのふたり。東京のＦＭ局と京都のＡＭ局が組んで放送するという、なかなか画期的なコラボレーションだった。

番組では「継承と進化を語る京都人」として、かねてより懇意にしている京都の方々に出演していただいた。それぞれの経験に基づいた楽しいお話だったが、皆さんに共通していたことがひとつある。「京都は、人とは違うユニークな試み、魂のこもったチャレンジに対しては、たとえ結果が失敗だったとしても賞賛するし、フォローもする。逆に中途半端に何かをしようとする人は弾き出される」ということだ。

一六八九年から続く八ッ橋老舗ブランドのなかでも最古参の聖護院八ッ橋総本店。専務取締役を務める鈴鹿可奈子さんは、二〇一一年に「n・i・k・i・n・i・k・i《ニキニキ》」というブランドを立ち上げた。カラフルなアート作品のようで、見かけは八ッ橋には見えないが、食べると間違いなくニッキの懐かしい味がする。

だが、鈴鹿さんはこれまでの八ッ橋を否定し、奇をてらったわけではない。「これは八ッ橋への愛なんです」とご自身がおっしゃっていたが、もっと多くの人に八ッ橋を食べてほしくて、そのためのきっかけになればと新商品を開発したのである。

僕も正直、「八ッ橋ってこんなに美味しかったんだ」とあらためて思った。ちなみに八ッ橋の歴史を繙けば、生八ッ橋は一九六〇年、たかだか六十余年前に開発されたもの。お琴の形に似せた干菓子が二五〇年以上続いたあとの、かなり革新的な新参者が、いまでは八ッ橋の〝顔〟になったわけだ。

川端康成やチャップリンも通った「浜作」という割烹が京都にある。ここのご主人が書かれた『京料理の品格』という本に、ウィンストン・チャーチルの言葉が引用されていた。曰く、「伝統がなければ、芸術は羊飼いのいない羊の群れにすぎず、革新

がなければそれはただの死体である」。

　浜作のご主人も、聖護院八ッ橋の鈴鹿さんも、自らが羊飼いとなって魂のこもった革新にチャレンジし続けているのだと思う。だからこそ、それは受け入れられ、支持され、愛されるのだ。


中川木工芸の三代目、桶職人の中川周士《しゅうじ》さんのお話も興味深いものだった。

　彼の祖父が手習いだった七十〜八十年前までは、桶をつくる工房は京都市内に二五〇軒ほどあったが、いまでは三、四軒しか残っていないという。「このままでは桶という伝統工芸がすべて無に帰す」と感じた中川さんは、現在、料亭や高級旅館からの伝統的な桶の注文に応じるほか、洋の食卓でも使えるモダンデザインの桶も精力的につくっている。

　そんななか試行錯誤してつくりあげたのが、楕円の形が斬新なシャンパンクーラー「ｋｏ《こ》ｎｏ《の》ｈａ《は》」だ。僕は、この美と機能が融合した新しい〝桶〟に魅せられた。

　その中川さん、そもそも日本の文化は桶がつくってきたのだという。子が誕生すると、まずたらいで沐浴をさせられる。食卓では、飯が釜からお櫃《ひつ》に移される。味噌も

醤油も木桶に貯蔵されている。風呂桶に浸かり、死ぬときは棺桶に入る。「風が吹けば桶屋が儲かる」という諺が象徴するように、日本人の生活は〝桶〟が支えていたのだ。

そんな話を聞きながら、物から遡って理解する歴史は深い、と僕は思った。物だけではない、街、人、文化からでも歴史は遡ることができる。歴史の教科書もそんなふうにつくられていると、興味深い内容になるのではないだろうか。

通常の日本史は、縄文時代から始まり、江戸時代までを時系列的に淡々と学び、近代にいたってはサクッと知るだけだ。だが、いまの時代にとって大切なのは、むしろ明治・大正・昭和の時代ではないか。

だから、教科書もむしろ現代から始めてみる。いまこうなっている理由はここにあり……と遡り、そこから先に進めなくなったら現代にまた戻る。関連するものをつなぐことで歴史を編み直すのである。そのほうが学ぶ目的がある気がするし、いま自分たちが生きている実感も得られるように思う。

まさしくこの関連するものをつないで歴史を編み直したものが、二〇一五年から始

まった「日本遺産」である。

「保存から活用の時代へ」と方針転換した文化庁は、地域の歴史的魅力や特色を通じて我が国の文化・伝統を語るストーリーを「日本遺産」として認定しはじめた。世界遺産登録や文化財指定との違いは何かというと、それらはいずれも指定される文化財（文化遺産）の価値付けを行い、保護を担保することを目的とするが、日本遺産は地域に点在する遺産を「面」として活用し、発信することで、地域活性化を図ることを目的としている。

簡単に言うと、「熊本城」「富士山」みたいな単品ではなく、「かかあ天下——ぐんまの絹物語——」「日本茶８００年の歴史散歩」のように、文化や伝承が育まれた地のストーリーそのものなのである。ちなみに二〇二〇年までに認定された日本遺産は一〇四件。同年度の予算額は、活性化推進事業に六億七千万円、インバウンドの環境整備のために十八億円が計上された。

僕は日本遺産の審査員を務めているのだが、ユニークだなと思う点は、その地を訪れることにより日本の歴史を繙くことができること。日本遺産は「生きた歴史の教科書」なのだ。

ちなみに個人的に好きな日本遺産は、「忍びの里　伊賀・甲賀―リアル忍者を求めて―」である。日本人なら「忍者」のイメージを誰しもが共有していると思うが、その実、彼らの真の姿はよく知らない。例えば僕はこの日本遺産で「午前中は家業に精励し、午後には寺に集まって軍術・兵道の稽古をした。いざ戦となれば村に鐘が鳴り響き、農夫たちからお坊さんに至るまで、それぞれ得意の武器を持って立ち上がった」という忍者の日常を知った。忍びの里には関連する神社や城跡など数々の足跡が残っており、戦乱の時代を駆け抜けた忍者の姿を想像できる。

フランスを旅するとき、人はミシュランガイドを片手に旅をする。ミシュランはご存じタイヤメーカーであり、ガイドブックはパリ万博が行われた一九〇〇年に自動車運転者向けに発行された。つまり政府ではなく、民間企業がつくったものが、今日まで旅の相棒となっている。

日本遺産も、認定は文化庁が行うとして、いずれはそれを素材にした商品のアイデアを民間企業が企画し、盛り上げていくのが理想かなと思う。まずはブリヂストンさん、いかがでしょうか？

まるきん、ゴーゴー!!

二〇一七年十二月十七日、故郷・天草の「まるきん製菓」が復活して営業を再開した。

まるきん製菓はたい焼き、たこ焼き、ソフトクリームなどを売っていて、子どものころから通った憩いの場所だ。創業は一九四七年で、一九六六年に現在の本渡《ほんど》中央銀天街に移転。丸いかたちが特徴の「蜂蜜入り鯛焼（手亡《てぼう》あん・小豆あん）」や「蜂蜜入り電気まんじゅう（白のこしあん）」などを販売し、地元の人から愛され続けてきたが、店主の金子雅弘さんがご高齢となり、設備の老朽化などもあって、二〇一七年五月に閉店した。

そのニュースを聞いた僕は、「これは一大事だ」と思った。地元の中高生のオアシ

スのような場所が閉じることによって、シャッター商店街からさらに若者が消えていくという現象が起きるからだ。

そこで僕は金子さんに連絡し、店のオーナーになることを申し出た。

最初に相談したのは、保育園からの幼馴染みである高松聖司君。天草の居酒屋で膝を突き合わせ、「まるきんを復活させたいんだけど、運営してくれる人いないかな?」と尋ねると、「ひとりいる!」と四十代の男性を電話で呼び出した。自家焙煎珈琲豆専門店「赤い月珈琲」を営む、吉永正敬《まさたか》さんだ。高松君曰く「吉永さんは資金もセンスもあるし、なにしろコーヒーとたい焼きという組み合わせがいいんじゃない?」とのこと。

吉永さんは僕の話に真剣に耳を傾け、「ぜひやりましょう」と即決してくれた。そして再度の乾杯のあと、「最近、店を買ってくれないかとか会社を継いでくれないかというお話が多いんです。先日もタクシー会社を買ったばかりで……」と話し始める。

「タクシー会社を?　それは豪気だね」と返すと「ええ。小山さんのお父さんからのお話だったので」と言うではないか。なんと僕らは親子そろって吉永さんを巻き込ん

でいたのである……。

その後、社長を誰にするかという話になり、僕は高松君にお願いをした。彼は天草宝島観光協会に勤務しており、定収入があったからだ。「やる！　出資もする！」ということで、計五五〇万円の出資金が「まるきん復活プロジェクト」のために集まった。五五〇万円の〝ゴーゴー〟という響きに、まるきん製菓のよき未来を誰もが予感していた。

ところが、天草宝島観光協会は副業を禁止しており、高松君は「観光協会を辞めて、たい焼きに命をかける」と言い出したのだ。となれば、ただの「まるきん復活」だけではダメで、売れるものをつくらないといけない。

そこで閃《ひらめ》いたのが、日本を代表するパティシエ「エス コヤマ」の小山進さんに、たい焼きの皮を頼んでみること。肝心の餡は、京都にある大好きな「京菓子司 末富」の山口祥二さんにお願いできたら……。

そんな妄想を素直にぶつけたところ、ふたりとも快く引き受けてくださった。

巨匠ふたりのレシピは、天草拓心高校・食品科の生徒たちが試作を重ねて再現。つ

いに粒餡とお茶カスタードクリームをふわふわの皮で包んだ和洋折衷、唯一無二のたい焼きが完成した。

その後も協力者はあとを絶たなかった。

グッドデザインカンパニーの水野学さんにはロゴを、ビームスの設楽洋《したらよう》社長には制服やグッズを製作していただいた。ほかにも某映画プロデューサーや某菓子メーカー社長が出資者に名乗りを上げてくれた。

元オーナーの金子さんご夫妻は、高松君をいっぱしのたい焼き職人にするため、技術を無償で一カ月にもわたって伝授してくれた。「まるきん製菓」はそのような多くの善意と応援により、一日千個売れるたい焼き屋さんになった。平均五個買ったとしても、一日二百人が訪れてくれる計算だ。

僕は思う。周辺地域に住む人たちは、店が閉店して初めて、「好きだったのに」「すごく残念」と感じたのではないだろうか。結局、失ったあとに相手の大切さがわかる〝恋愛〟みたいなもので、町の財産というのは失う前になんとか守り抜いていかないといけないのだ。

復活した「まるきん製菓」が目指すのは、日本一（つまり世界一）美味しいたい焼き屋！　人生を楽しむ人たちがあつまるサロン！　天草のカルチャーを創造するファクトリー！　若者たちが社会とつながり、未来を育む学校！　高齢者の生きがいを創出する拠点！　である。そして第二、第三のまるきんが天草だけでなく、日本全国で出現すればいいな、と切に願う。

都心では副業可の企業もだいぶ増え、厚労省も副業や兼業を推進している。では、副業の良さとはなんだろうか。

振り返れば、テレビ番組の構成、執筆業、飲食業、大学教授、企業アドバイザー、地方創生など仕事が多岐にわたっている僕は、〝副業だらけの人〟という気がしないでもない。

そんな僕が大きなメリットとして感じるのは、いろんな視点でものを考えられることだ。常に〝究極の素人〟でいられると言えばよいだろうか。立場が変われば、出会う人も変わるし、行ける場所も違ってくる。そのおかげで、アイデアが凝り固まらず、自由な発想をキープできるのはありがたいことだなと思う。

僕が大切にしている視点の変化があるので紹介したい。

陶芸家の河井寛次郎が、昭和二十四年に雑誌『ＰＨＰ』に寄せた「蝶が飛ぶ　葉っぱが飛ぶ」という短いエッセイがある。終戦間近、当時京都に住んでいた河井は、ある日山科へ向かうために峠を下り、途中の山桐の大木前で一休みした。ふと見ると、大きな木の葉がことごとく虫に喰われて丸坊主になっている。その姿を見て、「葉っぱが虫に喰われ、虫が葉っぱを喰う」という痛ましい思いから、なぜか「虫は葉っぱに養われ、葉っぱは虫を養っている」という視点へと変わっていくのだ。何をどう見るかによって価値というのは変わる、ということを僕はこのエッセイから学んだ。

一方で、職人や料理人など、本業のみをとことん突き詰めていく人にも強く憧れる。理屈や理論だけではない、身体に染み付いた何かによって、方法を補正し、新しい高みに向かう人は偉大だ。結局は「本業か副業か」ではなく、さまざまな働き方があってよいということだろう。

ところで、「観光協会を辞めて、たい焼き屋になる！」と高松君が奥さんとお嬢さんに告白できたのは、なんとプレオープンの二日前。町の噂でなんとなく知っていた

というふたりは「パパ、いつ言うんだろうね?」とずっと待っていたらしい。奥さんは最初こそ文句を言っていたようだが、いまでは「まるきん製菓」を切り盛りする立派な女将さんとなった。女性の切り替えの早さ……いや、柔軟性の高さに、男性である僕たちは驚くばかりである。

「世界」とつながる扉

二〇一七年から約二年間、雑誌『Ｐｅｎ』で「人間国宝の肖像」という連載を担当していた。直接お話を伺い、撮影もさせてもらったのだが、その言葉は奥深く、所作は美しく、取材が本当に楽しかった。

例えば八十歳を超えてなお、「最近ようやくわかってきました」「自分の師匠にはまだまだ及びません」などとおっしゃるのには、本当に心打たれる。取材させていただいた全員に、謙虚さ、向上心、好奇心が共通していた。

実は二十代のころから人間国宝を記録する番組をつくりたいと思っていた。

「人間国宝」をあらためて辞書で引くと「日本の文化財保護法に基づき文部科学大臣が指定した重要無形文化財の保持者として認定された人物を指す通称」とある。

つまり、人間国宝という存在を捉えることで、歴史上または芸術上で高い価値のある演劇、音楽、工芸技術その他の無形文化財の世界に、一般の人が耳を傾けるきっかけになったらと考えたのだ。しかし、地味だと思われたのか、番組企画は通らなかった。

人間国宝は、その世界を「発信」することより「継承」することに重きが置かれているから、現在もその人自身にスポットが当たるということが少ない。せいぜい認定直後に新聞社に取材される程度で、いわば名誉職的なものになってしまっている。

だが、二〇一七年に創設五十年目を迎えた文化庁が、文化財に対して「保存の時代から活用の時代へ」と謳い、「日本遺産」を始めたわけで、人間国宝も活用の時代に入らないといけないと個人的に思っている。

そのために必要なのは、もっと早い段階での認定だろう。

というのも、トップ・オブ・トップになった人に与えるものだから、特に芸能の方は肉体の限界が近い。もっと脂が乗っている時期、せめて五十代くらいで人間国宝となり、次世代に教え伝えていく仕組みをつくったほうがいいと思う。

一方で、技を受け継ぐには時間がかかるから、十代か、せめて二十代の若者が無形

文化財というものを知り、その道を進むきっかけになる仕組みも必要ではないだろうか。

現在のような「継承」のためだけの存在では、これからも線が細々と繋がっていくだけだ。外に「発信」して初めて、線はもっと太くなる可能性が生まれる。その線を太くする何かに、僕も関わっていけたらと思っている。

こう書くとちょっと大げさだが、京都の老舗料亭「下鴨茶寮」の経営を引き継いだのは、僕にとっては継承であり、新たなる発信でもある。

もともと「料亭」というものを深く理解して引き受けたわけではない。ただ、文化と歴史が背景にあり、人と人が出会うサロン的な機能を果たす魅力的な場であるとは十分に感じていたから、「料亭のブランディングに関わりませんか？」と声をかけていただいたとき、すごくおもしろそうだなと思った。

それが、ブランディングだけでなく、経営まで任せるという話になったのである。最初は絶対無理だと思ったが、すぐに「無理をしてでもこの未知なる挑戦に取り組むべきではないか」と考え直した。

そのいちばんの理由は「世界と繋がる道ができるのではないか」と思い至ったことだ。

それまでも自分のつくったテレビ番組が海外のテレビ局に買われたり、海外版が放送されたりして喜びを感じてはいたものの、世界という舞台に自分の作品を送り出すことのハードルの高さも同時に感じていた。もし、「下鴨茶寮」のオーナーになれば、京都を舞台にある程度の歴史的背景のある店の日本食をひとつの作品として形づくることができ、世界への扉が開かれるのではないかと考えたのである。

「下鴨茶寮」の創業は一八五六（安政三）年で、二〇二一年に一六五周年を迎えた。僕が継いでからは二〇二一年三月で丸九年。結果的にどのような変化が僕に起きたかといえば、まず、京都に自分の拠点ができたことにより、「京都の者」として京都をどのようにしていくかという視点でものを考えるようになった。

いつだったか、映画監督のフランシス・コッポラ氏が娘のソフィアさんを連れて久しぶりに来日するというので、下鴨神社内で食事会をしたことがある。それより数年前、ナパバレーに個人ワイナリーを持つコッポラ氏がワインのプロモーションで来日

したとき、「日本食と自前のワインをコラボレーションしたい」ということで僕に声がかかったのだ。

もし僕がただのメディア関係のクリエイターだったら、会ってもらえなかっただろう。「僕も『おくりびと』という映画でアカデミー賞をとりました」と言ったところで、彼の周りにはそんな人は大勢いる。だが、彼は「映画監督兼ワイナリーのオーナー」で、僕も「クリエイター兼料亭の主人」だったから、会うことができた。しかも、お互いに商い人として現場にも比較的関与しているから、話も弾むし、信頼も生まれる。いまでは彼の自宅に泊まらせてもらえるような関係になった。

これはほんの一例であり、僕は開眼されるような魅力的な人とたくさん出会うことができた。人が集う「場」というメディアの力は本当に大きいとあらためて感じた次第だ。

当たり前のことだが、「継承」とは絶やさないことだと思う。絶やさないためには、（ハードもソフトも）傷んでいるところは補修しなくてはいけない。この時代で生き残るために。同じことを続けているから生き残れるかというとそうでもなく、新しいこ

とをやったから生き残れるかというとそうでもない。

やはり、「いま」という時代に合わせながら、かつこれまで築いてきたものを上手に武器としながら守らなければいけないだろう。

そういう意味で、「日光金谷ホテル」は「継承」について教えてくれた〝学校〟だ。二〇〇三年、僕はこの日本最古の西洋式ホテルの顧問に就任し、「N35ルーム」という部屋をプロデュースした。

それまで宣伝費をどのように使っていたか尋ねると、新聞の三段広告を年三回打つのだが、収支はとんとんで、効果はさほどないという。

そこで僕は、一年間の宣伝費用を使って稼働していない一部屋の最低限の改修をし、雑誌『ｍｏｎｔｈｌｙ ｍ』（現在休刊中）でホテル・イン・ホテル、つまり「ホテルのなかに理想のホテルをつくる」という連載を企画した。ベッドはアルフレックス、テレビは日立というように、こちらが企業を逆指名して交渉し、部屋の備品をひとつ提供してもらうわけだ。

その連載自体がホテルの宣伝となり、読者が泊まりたいと思う仕掛けとなる。メーカーは商品を提供したことによってブランド力を上げる。日光金谷ホテルは部屋を提

供したことによって雑誌で連載される。雑誌はおもしろいコンテンツが得られて読者の支持を集める。そして読者は比較的安くこの部屋に泊まることができるという、Ｗｉｎ－Ｗｉｎの関係が成立し、現在も宿泊客は絶えない。

このとき、僕は「老舗を継ぐ」うえで大切なものを学んだ。特に、これまでに積み重ねられた時間と、現在まで続けてきた人へのリスペクトを忘れないという姿勢を。何事も急激に変えてはいけないのだ。喩えるなら、いままでのぬるくて少し濁ったお湯を捨てて新しい水から沸かすのではなく、そのお湯に濁りがあるなら濁りをすくっては水を足し、それを繰り返しながらゆっくりと沸かしていくというような作業とでも言うべきか。

大きく変えれば世間の耳目は引くが、現場の反発ややる気のなさも生んでしまう。守りと攻めの常なるバランス、それは場でも、無形文化財でも、同じことなのかもしれない。

お金は拍手

京都・五条に「梅湯」という銭湯がある。明治時代の創業で、廃業寸前だったのが、二〇一五年にリニューアルオープン。いまでは近所の常連客はもちろん、夜行バスで京都に来た観光客や朝まで飲み明かした若者たちが、週末の朝風呂を浴びにくる。再生させたのは、「銭湯活動家」との異名をとる湊《みなと》三次郎さん。

もともと学生時代に梅湯でアルバイトをしていたそうで、前経営者から廃業すると聞き、勤めていた会社を辞めて、二十四歳で引き継いだ。睡眠時間を削ってひとりで切り盛りしているうち、同世代がボランティアで掃除を手伝ってくれたり、銭湯での音楽イベントが取材されお客さんが増えたりして、なんと数年で黒字経営に。現在は自ら率いる「ゆとなみ社」で、滋賀県大津市の「都湯」「容輝湯」、京都市上京区の「源湯」、大阪府門真市の「みやの湯」、愛知県豊橋市の「人參《にんじん》湯」の計六軒を直営、

東京都北区の「十條湯」を経営支援中だ。

湊さんを中心に若者たちが懸命に誠実に梅湯の経営に携わっていることは、接客や行き届いた掃除、常連客の多さ、そして月に二回発行される「梅湯新聞」からもじわりと伝わってくる。

新聞はいまどきアナログな手書き文字で書かれ、ラミネート加工されて湯船のそばの壁に貼られているので、風呂に入りながら読むことができる。内容はといえば、若者たちの日々のたわいもないことばかりだが、味わいのある文字や絵に心がほっこりする。

その梅湯新聞で心打たれたことと言えば、湊さんが書いていた京都市長選挙の話だ。選挙が近づいてきたころ、彼はまず「投票率がこの五期でダダ下がりしています」「みんなで選挙に行きましょう」と訴えた。それが次の号ではこんなメッセージに進化していた。

「ただ言うだけでは何も変わらないと思い、自分ができること考えました」

「京都市長選挙の投票時にもらえる投票済証を持参した人にワンドリンクプレゼント

します（一三〇円まで。ぜんぶ僕が自腹で出します）」

選挙に対する揶揄や攻撃や諦念がネット上にあふれる昨今、逆に選挙に行くための前向きなアイデアを提示し実行する湊さんの姿勢に、僕は素直に感動してしまった。

いまの時代に非常に難儀な銭湯経営をここまで成功させている理由は、この湊さんの姿勢、生き方にほかならない。やはり、自分らしいオリジナルの価値やアイデアで社会に貢献したいと思って仕事をしている人にはエールを送りたいと思うし、サポートしたいという気が起きるのだろう。

北海道の食および食文化の発展に寄与した個人または団体を顕彰する「小田豊四郎賞」というのをご存じだろうか。

小田豊四郎さんは、帯広市に本社を置く六花亭製菓の創業者であり、「その町の文化の程度はその町のお菓子でわかる」と、七十余年にわたりお菓子づくりに邁進した人。現役を退くにあたり、北海道の食文化の発展を願い寄与することを目的に小田豊四郎記念基金を二〇〇三年に設立した。先の賞は記念基金の活動の一環で、ほかに食に関する約八千冊の書籍を一般公開したり、十勝の子どもたちの詩を集めた詩誌『サ

イロ』を刊行したり、「忘れられない北のあの味」というテーマで全国からエッセイを公募したりしている。

その「小田豊四郎賞」だが、選考委員は一名のみで、毎年変更される。僕は、二〇一九年の委員だった雑誌『ｄａｎｃｙｕ』編集長・植野広生《こうせい》さんからバトンを受け取るかたちで、二〇二〇年の委員に任命された。

とはいえ、北海道の生産者で知っている人はそんなにいない。どのように候補者を見つけようかと思案していた矢先、「下鴨茶寮」に一通の手紙が届いた。

手紙の主は、北海道北広島市で農業を営む「竹内農園」の竹内巧《たくみ》さん。大学卒業後にオートバイ好きが高じてヤマハに就職。インドにも駐在したが、自分も含め本州に就職する若者が多いこと、知人に「北海道って栄えてないよな」と言われたこともあり、会社を辞め北海道に戻って、二〇一四年から農業を始めた。

しかも竹内さんはただ野菜をつくるだけではなく、市内の二つの福祉事業所から精神・知的障がい者の方たちを継続的に受け入れて農作業に従事してもらっているという。「農福連携」というテーマで全国から視察や取材なども数多くあるそうだ。

手紙の主旨は、障がいの比較的重い人たちに栽培してもらっている「花豆」を、

「下鴨茶寮」で美味しく加工・販売していただけないだろうか、という依頼だった。それで僕は早速竹内農園を訪れ、詳しい話を聞いた。

実はもうひとり候補者がいた。北斗市の和牛牧場「おぐにビーフ」の小《お》国《ぐに》美《よし》仁《ひと》さんだ。

北海道への移住前はアメリカの牧場でファームステイをしていたが、日本の酪農とはまったく違ってカウボーイの男たちはみな誇り高く、「日本に帰ったら当然カウボーイになるよな？」と言われたそうだ。カウボーイにこそならなかったが、小国さんは北海道で牛を育てるという目標を立てた。なぜなら北海道では老いた乳牛を食肉処理して食べるので、乳臭くて美味しくない。それで道民はみんな「牛は不味い」と思っているのだとか。

その思い込みを変えるべく、小国さんは奮闘。まずは五頭の牛をそれぞれ違う餌で育て、味を食べ比べるところから始めた。いまでは百数十頭まで増やし、レストランに卸すほか、ハンバーグやソーセージなどの加工品を自社販売している。

僕は二社を訪れ、素晴らしい取り組みに感動しつつも、従来の企画魂が頭をもたげ

て、「こうしたらどうか？」という案を思いつくままに言ってしまった。でも、それもひとつの〝応援〟のかたちだと思う。

かくして小田豊四郎賞の発表は五月十七日に行われ、「おぐにビーフ」がその栄冠に輝いた。

小田豊四郎賞のために北海道へ行ったのは二〇二〇年の初旬。新型コロナウイルスの件がこれほど深刻な状況をもたらすとは思ってもみなかったころだ。いまもあらゆる業界が危機的状況に立たされているが、さまざまな方法で生き残りをかけて挑戦している人たちを心から応援したい。

こういうときは、言葉も大切だが、それ以上にまずは行動である。銭湯活動家の湊さんがドリンクをプレゼントしたような、自分にできる小さな行動を、まずひとつ始めてみようではないか。

常々、僕は「お金は拍手である」と言い続けてきた。皆さん、いまこそ拍手となる無駄遣いをしましょう！

心の洗濯をしに行く場所

青森の弘前に出張する際、以前弘前市の仕事をしていたスタッフから一軒の店を勧められた。高齢のご夫婦ふたりで切り盛りしている「わいんぱぶ ためのぶ」という名のレストランだという。

ホテルから何回か電話をしたが誰も出ないので、他で食事をしたあと、ワインだけでも飲めるかなと直接出向いた。時間は二十二時。看板は消えていたが、店内の灯りはついていた。窓から覗くと店主らしき人と常連らしき人がワインを飲みながら、薄型テレビで映画を観ている。

僕はドアを開け、「こんばんは。まだいいですか?」と声をかけた。老眼鏡を鼻にひっかけた店主は「看板消えているのに、よく入ってきたね」と笑い、「何しに来たの?」と僕に尋ねた。「ワインが飲みたいんです」と答えると、「じゃあいいや。一杯

だけ何か飲みなよ」と手招きした。

僕は黒板のワインリストを眺め、「ニュイ＝サン＝ジョルジュをお願いします」と言った。「ニュイ飲むの？　あんた、ニュイは高いんだよ」「六千円って書いてありますが、まさか一杯の値段じゃないですよね？」「いや、一本だよ」「じゃあ、お願いします」「へえー、こんなふらっと入ってきてニュイ飲む人なんて初めてだ」――僕はこの日の夜の締めくくりが楽しいものになるという期待で嬉しくなった。

常連さんが帰ってしまい、僕はワインを飲みながら、いろいろとお父さん（店主）に質問をした。お母さん（店主の妻）は一年前に亡くなられたそうで（そしてお父さんはお母さんにたくさん迷惑をかけたそうで）、「お父さんにとってワインって何ですか？」と尋ねると、「いまの自分の寂しさを慰めてくれる恋人だな」などと言う。詩人だ。

そして「昔はロマネ・コンティとか七万円くらいで買えたんだ。いまは高すぎる。だから高いワインじゃなくて三番目くらいのランクのうまいやつを見つけて、それを安くお客さんに提供して喜んでもらえることが俺のいまのいちばんの幸せなんだ」などと泣かせることを言う。

僕はふとお父さんの料理が食べたくなり、「ナポリタン、つくってもらえませんか」とダメもとでお願いしてみた。お父さんは「俺、いま酔っ払ってんだぜ」と言ったが、すぐに「俺、酔っ払ったときに料理つくると、美味いらしいんだよ」と言い直し、ヨロヨロしながら厨房に入ってナポリタンをつくってくれた。

これがびっくりするくらい、美味しかった。お世辞ではなく、最近食べたナポリタンのなかでいちばんと言っていい。思わず「お父さん、どこで修業したの？」と尋ねると、「俺、こう見えても六本木にいたんだ」と意外な答えが返ってくる。

「お兄ちゃんは知らないだろうけど、六本木にキャンティっていう高級な店があるんだよ」

「……（しばし絶句）お父さん、キャンティにいたんですか⁉」

「あんた、キャンティ知ってるの？　あそこ高いんだぞ。有名人の◯◯とかが来て、俺もよくバジリコっていうのをつくったもんだ」

人が観光や旅をしたいとき、そこには目的というものがある。行ってみたい場所、初めて体験するアクティビティ、そこでしか味わえない食事……。でも究極の目的は、

「人」ではないだろうか。少なくとも僕は「わいんぱぶ　ためのぶ」のお父さんに会うためだけに、弘前をまた訪れたい。

　僕が京都という街に惹かれ、ついに住むに至ったのも、究極は「人」である。それは「くれない茶屋」という店を営んでいた秋山夙子《あさこ》さんというおばあちゃんだ。出会いはもう二十五年以上も前。京都の老舗レストラン「ＤＩＶＯ‐ＤＩＶＡ」で、シェフに「おもしろいところがある」と教えてもらった。嵐山よりさらに山奥に清滝《きよたき》という、愛宕《あたご》神社にお参りするための拠点のような小さな町があり、その町を貫く清滝川沿いに廃業寸前の喫茶店があるという。

　もとは小料理屋だったそうだが、僕が初めて訪れたときはすでに「知り合いが来たら何か食べさせる」というタイプの店だった。メニューもなくて、近くで栽培している椎茸を干してとった出汁に卵をひとつ落としただけのすまし汁とかまど炊きのおにぎりにお漬物とか、お茶とその日のお菓子のセットとかいうのを適当に出してくれて、「じゃあ、今日は二千円ね」という感じだった。

　おばあちゃんは毎回、なんてことのない話をしてくれた。「昨日の夜、寝ていたら

音がするので、なんやろう思て戸を開けたら虫が一匹いて、それを外に出してあげたんよ」というような、オチも何もない話なのだが、それがなんだか心に沁みる。

支払いを済ませて外に出れば、谷底みたいな場所にある店から上まで登るのに二、三分。見送りの気配を感じつつ、最後にもう一度振り返ると、小さくなったおばあちゃんがまだ手を振っているのが見える……。

僕は年に一度、その店に通うようになった。仲良くなるにつれ、おばあちゃんは「お金は要らない」と受け取らなくなり、最後にはお小遣いまでくれた。二万円も入っていて、僕はいまもそれをいただいた封筒のまま大切に保管している。「くれない茶屋」は僕にとって、一年に一度、心の洗濯をしに行く場所だった。

そのおばあちゃんが亡くなった。

息子さんから連絡があり、「母がたいへんお世話になりました。小山さんが母のことを書いてくれた本（『小山薫堂が90歳のおばあちゃんに学んだ大切なこと』）も読ませていただきました。母は死ぬまでずっと小山さんの話をしていました」と言われた。恐縮な話だが、戒名の一字には僕の「薫」という字を入れてくださったという。

僕はおばあちゃんからもらうばかりで、自分が何かをあげたとは思っていなかったから、そこまで思ってくださった理由がよくわからなかった。

でも、「わいんぱぶ　ためのぶ」のお父さんに日々の幸せは何かと問い、「孫に小遣いをあげるとき」という話をしてもらったときに、少し、腑に落ちた。

「与えられた人はもらったときにすごく喜ぶけれど、その喜びっていうのは早く消える。でも、与えた側の喜びっていうのはずっと残るんだ。だから孫は俺が小遣いをやったときは喜んでもすぐに忘れるけれど、俺はずっと覚えているんだよ」

おわりに――喜びが長続きするような消費を

先日、久しぶりに京都の大徳寺真珠庵を訪れ、第二十七世住職の山田宗正さんにお会いした。お互いの日々や、「湯道」の現在についての話をしたあと、僕は思い切って住職に尋ねた。「まだまだコロナ禍が続くなか、僕たちはどのような心持ちで過ごしたらいいでしょうか」と――。

真珠庵は、とんちで有名な一休宗純和尚が開かれた寺だ。ユーモアのある住職のことだから、一休さんの言葉「気にしない、気にしない」になぞらえ、「気に病まずに平穏に過ごしなさい」などと言われるのかなと思っていた。ところが住職はいきなり「薫堂さん、エピクロスって知ってます?」と尋ねるではないか。

古代ギリシャの哲学者・エピクロスは「エピキュリアン（快楽主義者）」の語源となった、エピクロス派の開祖だ。僕はずっとエピキュリアンという言葉を文字どおり

「快楽主義、享楽主義的な生き方を信条とする人」だと思っていた。

しかし、それは広義の意味らしい。本来のエピクロスの主張「人生の目的は幸福であり、そのための快楽こそ善である」というのは、「ある行為によって生じる快楽が是であり、その後に生じる不快が大きくなる場合には、その行為は選択すべきでない」ということだそうだ。

住職はこう続けた。「このコロナ禍を世界中の人がみな、耐え忍んでいる。それは、のちに訪れる最高の快楽を得られる機会になるかもしれません」。

山登りのあとの温泉がいつも以上に気持ちいいように、辛い断食のあとの簡素な食事が驚くほど美味であるように、我慢の先には大きな幸福がやってくる――。住職のお話はそんな希望に受け取れた。

この「快楽主義」を、「お金を使うこと」に転じて考えてみよう。

欲しいものを欲するがままに買えることは楽しいし、嬉しい。だが、その楽しさや嬉しさは一瞬だ。長続きはしない。一方で、誰かのためにお金を使うと、相手の喜びが長く自分の心を温めてくれる。

つまり、喜びが長続きするような消費を心がけることこそ、幸せなお金の使い方なのだ。弘前の「わいんぱぶ ためのぶ」のお父さんが言ったとおり。

雑誌『Forbes JAPAN』で続けてきた連載を一冊にまとめるにあたり、五年分の原稿を通しで読んで気づいたことがある。連載当初は資産家の皆さんに浪費させることを妄想していたが、だんだんと自分ができる浪費について考え、実行するようになったことだ。

そのような自分自身の軌跡を文章という形で残しておけたのは、とてもよい機会だった。連載のお声がけをしてくださった高野真さん、いつも絶妙のアシストでアイデアを引き出してくださった堀香織さん、毎回素敵なイラストを寄せてくださったサイトウユウスケさん、本書の刊行を実現してくださった光文社編集局長の田邉浩司さん、担当編集の千美朝さん、そして思わず手に取りたくなるような本に仕上げてくださった装幀家の鈴木成一さんにお礼を申し上げます。本当にありがとうございました。

そして何より、この本をお買い上げくださった皆さんへ。読み終えたときに「浪費してしまった」と後悔することなく、皆さんが誰かの天使になろうという気分に向か

い始めたなら、著者としてこんなに嬉しいことはありません。

小山薫堂

本書は『Forbes JAPAN』二〇一五年八月号〜
二〇二〇年七月号連載の「妄想浪費」と、
『NewsPicks』二〇一八年九月公開の
「イノベーターズライフ・小山薫堂、仕事の原点は『人を喜ばせたい』」を
もとに大幅に加筆・修正し、単行本化したものです。

小山薫堂●こやまくんどう

放送作家・脚本家・京都芸術大学副学長。下鴨茶寮主人。一九六四年、熊本県本渡市（現・天草市）生まれ。日本大学藝術学部放送学科在学中に放送作家としての活動を開始し、『カノッサの屈辱』『料理の鉄人』『東京ワンダーホテル』『ニューデザインパラダイス』など斬新な番組を数多く企画・構成。初の映画脚本となる『おくりびと』では、第八十一回米アカデミー賞外国語映画賞を受賞した。執筆活動のほか、ラジオパーソナリティー、商品開発、企業のプロジェクトアドバイザー、熊本県や京都市など地方創生の企画にも携わっている。熊本県のPRキャラクター「くまモン」の生みの親でもある。二〇二〇年一〇月、一般社団法人湯道文化振興会を設立。二〇二五年日本国際博覧会（大阪・関西万博）ではテーマ事業プロデューサーを務める。著書に『考えないヒント』『小山薫堂　幸せの仕事術』『ライカと歩く京都』『まってる。』など多数。現在『Forbes JAPAN』にて「東京blank物語」を連載中。

妄《もう》想《そう》浪《ろう》費《ひ》

二〇二一年一〇月三〇日　初版第一刷発行

著者●小山薫堂《こやまくんどう》
発行者●田邉浩司
発行所●株式会社 光文社
〒一一二-八〇一一 東京都文京区音羽一-一六-六
編集部 〇三-五三九五-八一七二
書籍販売部 〇三-五三九五-八一一六
業務部 〇三-五三九五-八一二五
メール non@kobunsha.com
落丁本・乱丁本は業務部へご連絡くだされば、お取り替えいたします。

組版●萩原印刷
印刷所●萩原印刷
製本所●ナショナル製本

 ISBN978-4-334-95262-4